대
설
주
의
보

최승호 시선

대설주의보

오늘의 시인 총서

18

민음사

차례

차례

차례

3

차 례

밤의 힘

폭풍우에 휩싸인 채
정전된 밤의 도시
검은 아스팔트 검은 강
상점마다 촛불이 가물거린다
번갯불이 터진다 천둥이 친다
그것은 번갯불로 충전된 푸른 도끼다
때리면 별들이 힘차게 빛난다
때리면 산이 쩌렁쩌렁 운다
때리면 난쟁이들쯤이야
하지만 巨神族이 아닌 이상 그런 도끼를
함부로 휘두를 만한 인간이 그 어디 땅 위에 있겠는가
번갯불이 터진다 천둥이 친다
다이너마이트가 폭발하는 채석장
혹은 옛날 스타일로
교미하는 용 한 쌍 얽힌 듯
질투하는 발톱 큰 용 한 마리 더 얽힌 듯
먹비늘을 긁어대는 빛의 발톱
먹비늘을 뜯어 뱉는 빛의 이빨
벼락불이 떨어진다 천둥이 친다

고압선이 얽힌 도시의 하늘을
내리찍는 불의 시퍼런 도끼
기억해 두자 저 얼크러져 꿈틀대는 밤의 힘
비록 내가
거신족의 식탁을 위한 한낱 제물에
혹은 밤이 낳고 밤이 먹는
밤의 아들에 불과하다 해도
세찬 빗발이 나를 두드리고
내가 다시 싱싱해지고
나의 두개골 안에
불타는 가시덤불의 거센 불길이
느껴지는 이 싱싱한 밤을

매운탕

흉기를 품은 건달족에게 능욕당하며
버둥거리는 처녀처럼
도마 위에 잉어가 퍼덕거린다
칼에 잘리는 지느러미
칼에 긁히는 금빛 비늘

뇌 속의 쓸개를
독한 소주로 헹구면서
얼큰한 매운탕을 한 그릇 먹어야겠다

관광버스를 타고 신나게 도망쳐 와서
풍덩
강물에 몸을 던지는 피서객들
반짝이는 모래톱
태양에 말리는 흑갈색 머리
강 건너 골짜기
풍경의 아름다움에 숨통이 트이고
타조알만한 자갈들은
타조새끼가 알을 깨고 나올 만큼 뜨겁다

다만
이러한 평화가 모처럼의 짧은 휴전이라면
숨통이 막히는 긴 날들은……

숫소

저놈은 숫소다.
눈썹이 검고
불알은 크고
머리엔 도깨비의 뿔이 솟아올랐다.
저놈은 숫소다.
콧구멍이 내뿜는 콧김은
증기 기관차의 증기처럼 거세고
다리는 다리의 다리처럼 튼튼한데
쯧쯧, 저런!
숫소가 쿵 하고 드러눕는다.
삐삐 마른 백정 앞에서
덩치 큰 숫소가 드러눕는다.
드러누워
버둥거리다가
도살장 천장 향해 검은 울음을 게우다가
저것 봐, 숫소가 일어선다.
도끼와 뿔의 박치기다.
아니다.
도끼와 급소의 박치기다.

숫소는 글썽글썽한
큰 눈알을 부릅뜬 채 죽어간다.
저놈은 숫소다.

바퀴

1

끌려다니는 바퀴들은 어디서 쓰러지는지
코끼리가
상아의 동굴에서 쓰러지듯
고철의 무덤에서 쓰러지는지
삭은 뼈들
녹슨 대포알
녹슨 철모
덜컥거리며 굴러 떨어지는 텅 빈
두개골
성욕 왕성한 흰 벌레들이
죽음을 진행중인
주검은 자갈치시장보다 더 활기찰 것이다
부활은
무슨 뜻인지
지린내와 쇳내 뜨거운
철둑길에 철따른 꽃들이 피어 있다

17

2

석탄차들이 붐비는 광산
육중한 하중을 짊어진 바퀴들이
굴러간다
끌면 별수없이 몽고로
끌려가는 貢女
끌려가는 예수
채찍 맞는 조랑말
그리고 계엄령 속의 폴란드 광산 노동자들
육중한 하중을 짊어진 바퀴들이
굴러간다 묵묵히 끌려간다

3

십자가에 못박힌 예수처럼
퉁겨져 나올 수 없는
바퀴들

때리는 망치 소리

4

바퀴들이 흘리는 것은 피가 아니라
쇳가루
피는
바퀴에 깨진 사람의 살덩이에서
폭발하는 화산의 불꽃처럼
마그마처럼 터지고 흘러 나온다
주황색 디젤 기관차
피를 튀기며 달리는 디젤 기관차

울음

뼈다귀가 가죽을 내미는 늙은 것이
털이 빠지고
웅크린 채
홀쭉한 뱃가죽을 들썩이며
가쁜 숨을 몰아 쉬는 늙은 것이
쇠사슬에 목덜미가 묶인 채
짖어댄다
짖어댄다
짖는 일도 뜸하던 늙은 것이
머지않아 턱이 떨어지고
이빨마저 다 빠져버릴 병들고 늙은 것이
짖어댄다
짖어댄다
교회당 종소리가 뎅그렁거리고
유난히 크고 밝은 금성이 번쩍거리는 새벽에
돌연 늙은 개의 짖음은 음울하고 서러운
늑대의 울음으로 변해 버린다
시커먼 늑대 울음이
새벽 하늘을 시커멓게 적셔버린다

20

그늘

모두들 그를 바보 영감이라 불렀다.
모두들 옳다.
그는 바보였고 집도 가족도 없었다.
어쩌다 교회당 옆 작은 목장에
일자리를 얻어
그는 날마다 건초 더미를 날랐고
우물에 눈을 져다 붓던 바보 聖人처럼
마냥 즐겁게 소의 똥오줌을 퍼냈다.

이제 그는 누워 있다, 거적을 덮고
교회당 그늘 건초 더미 위에 나흘째.
바람이 반백의 더부룩한 머리를 쓸어주고
진눈깨비가 삐져 나온 발등을 덮어준다.
성가대가 찬송가를 부를 때
목사님이 설교를 하고 연보주머니가 돌아다닐 때
사랑을 배우며
신자들이 고개 숙여 기도를 할 때에도
그는 누워 있다,
거적송장이 되어

동굴 안에 죽은 예수처럼
나흘째
부활하지도 않으면서.

죽음의 아르페지오

금강석 두개골은 어디 있는가

뚜껑이 닫힌 채
무럭무럭 연기 나는 두개골 하나
화장터 항아리의 재가 되는데

큰 귀 너펄거리던 코끼리도
주교님도 쿵 하고 넘어지는데
화석을 만들며 달리는 시간은

뼈가 찍힌 시간의 발바닥은
어디 있는가 구름의 알은 모르핀은
뿔뿔이 헤어진 넋과 살은

하나님의 큰 손바닥은 어디 있는가

말

말더듬이가 말더듬이를 낳고
둘 다 더듬거리고
태초에 말씀이 있었으니까
어쩌면 내일이나 모레쯤 하나님이 말을 걸겠지
말을 걸까
그러다가 벙어리가 되는 땅이 너의 땅이다

뿔쥐가 있으라 쥐뿔이 있으라 백 번 말해도
뿔쥐 한 마리 발명할 수 없는
말, 코뿔소
허공을 뿔로 박으며 우는 코뿔소

허지만 쥐뿔도 모르는 뿔쥐 같은 머리에
뉘우치는 마음씨와 이성이 있어
인간의 말이 오고 가고

소유하지 않은 세상 보석들이
박혀 있는 하늘과
철따라 보석들이 뒤바뀌는 풍경이
풍성하고 아름다운 땅이 너의 땅이다

휘둥그래진 눈

너와 마주치기 전에는
삶이 그렇게 놀라운 것도 외로운 것도 아니었다.
네가 나에게 창을 던졌을 때
작살에 찔려 허공에 버둥거리는 물고기처럼
눈은 휘둥그래졌고
세상은 놀라움의 광채를 띠게 되었다.
죽음을 품고 햇빛을 더 강하게
죽음을 품고 어둠을 더 거칠게
그리고 낯섦을
더욱 낯설게 느낄 수 있는
회복기 병자들의 거울,
거울 속의 해골바가지여,
너와 마주치기 전에는
삶이 그렇게 놀라운 것도 외로운 것도 아니었다.

지하철 정거장의 노란 의자들

땅속의 계단을 내려간다
어떤 죽음의 동굴을 내려가서
우리는 또 이렇게 붐비면서 망령들 속에 기다릴까
저승의 강가에 앉아
龍船을 기다릴까
춥고 찌든 몽고족의 얼굴로
……가 웅크린 채 앉아 있는 노란 의자
복권을 구겨버리고
……이 앉아 기다리는 노란 의자
이 지하철 정거장이
뚜렷한 희망의 개찰구로 뻗어 있다면
저리도 시무룩한 얼굴들이 아니다
설렘조차 없는 기다림
멋쟁이 뚜쟁이 같은 광고판
이윽고
구식 제복을 입은 기관사를 따라
줄줄이 얼빠진 얼굴 가득한 열차는 온다
저승의 강을 건너는 용선이 있다면
용선이 있다면 용선을 타고

영혼은 또 어디론가 여행을 떠나는 것일까
북적거리던 한 무리가 휑하니 떠나면
돌고드름과
돌의 떡잎과
돌기둥들이 자라나는 텅 빈 동굴만큼이나
썰렁한 지하철 정거장
계단을 스물아홉 번 밟으면
스물아홉 순간 늙는 줄 모르면서
마흔 계단을 밟으면
마흔 순간 죽어가는 줄 모르면서
어느새 또
찌든 몽고족의 얼굴로 계단을 내려와
……가 웅크린 채 앉아 있는 노란 의자
새로 산 복권을 들여다보며
……이 앉아 기다리는 노란 의자

구름

내가 죽고
죽은 다음 넋 맡길 집 한 채
떠오르지 않는 하늘을
대리석빛 구름들이 가고 있다

내 정신의 항아리에 담겨 있는 구름
두개골에 뭉클한 구름
물렁뼈와 통뼈와 뼈의 휘장에
깃털 되어 묻어 있는 숱한 구름들을

나는 볼 수 있나 내 몸뚱이를
막대 그래프처럼 치솟던 키를
깔아 뭉갤 시간 뒤의 구름
어느 날 빈 땅 위를 지나가는 구름들을

홈통

그래도 아직 영혼만은
신비벽을 간직하고 있는 게 아닐까

우리네 조상들의 눈으로는
이무기에 용이 들어 있었다
산삼에 산신이 들어 있었다

후손인 우리네 눈으로는
이무기에 정력제가 들어 있다
산삼에 우글대는 분자들이 들어 있다

용은 정력제
산신이 분자들로 변한 만큼
인간도 벌거벗겨진 벌건 대낮에

죽은 이무기처럼 입을 벌리고
서 있는 홈통들을 나는 본다
산성비에 더 빨리 부식되고
구멍이 뚫려가는 굵은 홈통들을

생일

태줄이 가위에 잘린 날
먹는 미역국,
태줄 먹듯 먹는 미역국.

그렇게 살면 못 살 것 같은데
그렇게 살았다.
붉은 털 이글거리는 태양 아래서
톱니들이 맞물려 돌아가고
수난절도 정부미도
돌아갔다 떡국도 붙박이별도 돌아가고
판박이 삶 속에 생일이 돌아와도
그럭저럭 헛 살고 늙어간다는 느낌뿐.

이렇게 살면 안 될 것 같은데
별수없이 이렇게 산다.
자궁 속의 강낭콩만한 태아가
부풀어오른 엄청난 육체,
그리고 전진하는 나의 갱년기,
나의 종언, 나의 재,

30

나 없는 나의 무덤,

無는 대체
나이를 몇 살이나 먹었을까,
내가 다시 0의 나이로
어려져서 충실하게 들어앉을 無는.

통조림

나는 죽어서는 기꺼이 썩어지겠다.
대지는 거름이 필요할 테니까.
구름은 내 몇 됫박의 국물이 필요할 테니까.
하지만 살아서는
내 앞에 가없이 펼쳐진 시간의 개펄을
발바닥으로 걸어 나가야 한다.
대지는 나의 거름,
구름은 몇 됫박의 국물을 거름에 부어줄 테니까.
하지만 지금 나는 방
모든 문짝이 굳게 닫힌 밤 기슭의
벽 속에 있다.
천장 위를 요란하게 뛰던 쥐들이
죽어서 썩는 건지 며칠째
천장에 테를 넓히며 얼룩이 지고
파리똥과 쥐오줌과 거미줄로
얼룩진 천장이 내 넋을 음울하게 한다.
상표가 화려한 통조림
국물에 잠겨 있는 통 속의 송장덩어리,
웬만한 양념으로는 이미
이 맛은 변치 않는 삶은 송장맛이 아닐는지.

물 위에 물 아래

관광객들이 잔잔한 호수를 건너갈 때

水夫는 시체를 건지러
호수 밑바닥으로 내려가
호수 밑바닥에 소리 없이 점점 불어나는
배때기가 뚱뚱해진 쓰레기들의 엄청난 무덤을,
버려진 태아와 애벌레와
더러는 고양이도 개도 반죽된
개흙투성이 흙탕물 속에
신발짝, 깨진 플라스틱 통, 비닐 조각 따위를 먹고 배때기가
뚱뚱해진 쓰레기들의 엄청난 무덤을,
갈수록 시체처럼 몸집이 불어나는 무덤을
본다 폐수의 독에 중독된 채
창자가 곪아가는 우울한 쇠우렁이를
물가에 발상했던 문명이
처리되지 않은 뒷구멍의 온갖 배설물과 함께
곪아가는 증거를

호수를 둘러싼 호텔과 산들의 경관에

취하면서 유원지를 향해
관광객들이 잔잔한 호수를 건너갈 때

모자를 눌러 쓴

나는 아직껏 그들의 이름을 모른다

호텔이 멀리 보이는
밤마다 휘황찬란한 빨강 파랑 초록 네온사인과
방마다 불이 켜지는 호텔이
멀리 보이는
집 바로 건너편에
떡방앗간을 밀고 대신 산부인과가 들어서고
수술대 위에서 뜯겨진 태아들을
뻔질나게 하수도로 쏟아놓는 덕분에
나는 그들을 만나야 했다
모자를 눌러 쓴 녀석들
그들은 밤이면 담을 타넘어 왔다
연거푸 곰방대를 빨며
벽에 바싹 달라붙어 몸을 숨기면서
곰팡이가 움푹 파먹은 문어 같은 대가리를
피 줄줄 흐르는 얼굴을 감추려고
모자를 눌러 쓴 녀석들
그들은 너덜너덜 칼질당한 가죽잠바를 걸친 채

이따금씩 유리창을 기웃거리곤 한다
녀석들, 말라빠진 내 젖꼭지라도
실컷 좀 빨자는 건가

죽은 해마

밥을 먹다가 보았다
새우젓 사발에 꼬부라져 누워 있는 해마
해마 새끼를
꼿꼿이 서서 헤엄쳐 다녀야 할 해마가
최초로 이렇게
절여진 슬픈 꼴로 눈앞에 나타나다니!
그러나
해마는 기다려왔는지 모른다
자기를 시집에 넣어달라고
나는 기꺼이 시집에 해마 새끼를 넣겠다
죽은 해마를 위해
다음과 같이

사발에 누워 있다가 보았다
밥을 먹고 있는 남자
밥맛이 없어 보이는 남자를
하필이면 저런 꾀죄죄한 인간이
저승의 옥졸마냥
나를 방망이로 뒤적이고 있다니

허지만
그는 기다려왔는지 모른다
해마라는 한 편의 시를
나는 기꺼이 시가 되어주겠다
아직 살아 있는 남자를 위해
다음과 같이

전생에 나는 해마였다 아버지의 배주머니 속에서 아버지의 간섭을 받아야 했다 이제 나는 누구의 간섭도 받지 않는다 고래의 너털웃음에 공포를 느끼지 않고 멍게의 울음에도 연민을 느끼지 않는다 온갖 해마적인 감정이 증발하였다 내가 살던 해마의 마을에 평화가 왔는지 알 수가 없다 그물의 그물코가 넓어야 개네들이 해마답게 살텐데…… 새우 그물은 얼마나 촘촘하고 튼튼했는지 새우들의 이마뿔이 부러지고 왕새우의 왕초도 구멍 하나 뚫지 못했다 정작 구멍이 뚫린 것은 내 살이다 요즘 나는 해체되는 중이다 하기야 내 살은 바다가 잠시 빌려줬던 것이니까 해체되면서 聖河의 흐름을 따를 수밖에 없다 자 그럼 절여진 해마는 이만 안녕

나는 숨을 쉰다

신기해라 나는 멎지도 않고 숨을 쉰다
내가 곤히 잠잘 때에도
배를 들썩이며
숨은, 쉬지 않고 숨을 쉰다
숨구멍이 많은 잎사귀들과 늙은 지구덩어리와
움직이는 은하수의 모든 별들과 함께

숨은, 쉬지 않고 숨을 쉰다 대낮이면
황소와 태양과
날아오르는 날개들과 물방울과 장수하늘소와 함께
뭉게구름과 낮달과 함께
나는 숨을 쉰다 인간의 숨소리가
작아지는 날들 속에
자라나는 쇠의 소리
관청의 스피커 소리가 점점 커지는 날들 속에

답답해라 나는 숨을 쉰다
튼튼한 기관지도 없다 폐활량도 크지 않고
가슴을 열어

갈아 끼울 싱싱한 허파도 없다
산소를 실컷 마시지 못해
허공에서 입이 커다랗게 벌어지는 물고기처럼
징역에 지친 늙은 죄수처럼
때때로 헐떡이고
연거푸 음침한 기침을 하면서
숨은, 쉬지 않고 숨을 쉰다

그리고 움직이는 은하수의 모든 별들과 함께
죽어서도 나는 숨쉴 것이다

신의 유니폼

氏는 유니폼을 입고 있었다
氏의 다리는 긴데
바지는 짧고
氏는 밴텀급
그런데 바지통은
헤비급 바지통이었다
氏는 모자를 쓰고 있었다
모두들 모자를 쓰고 있었다
종이 울리고
붙박이창이 많은 강당 의자에
氏는 직각으로 앉아 있었다
모두들 직각으로 앉아 있었다
꼭두각시놀음 무료 강습이 시작되고 있었다
식순에 따라
우선 짧은 명상의 시간
종이 울리자
氏는 명상에 잠겨 있었다
제 죄를 제가 아는 듯
죽은 새처럼 머리를 떨구고

모두들 명상에 잠겨 있었다
신은
인간에게 신의 유니폼을 입히시고
진흙투성이 코에 입김을 불어넣어……
종이 울리고 있었다
氏의 명상은 시작인데
명상의 시간이 끝났다고
강당과 강당 밖의 모든 종이
일제히 요란하게 울리고 있었다

슬픔의 반사

모자원 고개
해 저무는 비탈을
그들은 절룩이며 내려오고 있다
한 걸음 옮길 때마다
머리가 뒤로 돌아가는 아이는
눈알도 돌아가고 있다
손가락이 여섯 개 달린 어린 날
육손이는
어이, 육손 너하곤 안 놀 거야
그러면 삐치고
울고불고하던 육손이는 자라서
어디를 성큼성큼 걷고 있는지
목발 한 걸음 옮길 때마다
두 발이 공중에 뜨는 아이는
몸뚱이도 공중에 뜨고 있다
오늘도 삐꺽거리며 그들은
모자원 고개
해 저무는 비탈을
내려오고 있다
다친 어릿광대들 모양 다정하게

어릿광대

코를 하얀 주먹코로 만들어줘요
인간의 코여, 안녕
그런 노래를 한 곡조 뽑을 거니까요
눈을 왕눈깔로 만들어줘요
웃기다 보면 내 꼴도 우스워서
눈물이 찔끔 나올지도 모르니까요
아, 벌써 출연할 시간인가
박수들을 치며 휘파람을 불고 야단들이게
나가야지, 어서 나가야지
한 곡조 잘 뽑아
코의 존엄성을 관객들에게
벅차게 느끼게 해줄 모양이니까
그런데 그 노래 가사가 뭐드라
인간의 코여, 안녕
인간의 코여, 안녕
큰일났다, 인간의 코여 안녕

만화시계

벽 속에 들어 있는 것은
무뚝뚝하게 일하는 고독한 로봇
전자계산기 혹은
사무용 큰골들의 히스테리

맞먹을 수 없는 건물들 틈에서
마주치는 것은
뱃속에 돈을 쌓고 있는
자동판매기 혹은 교회

고독한 로봇들 위로
시계바늘이 돌아간다 달팽이도
만화의 주인공도
갑옷으로 무장한 투구벌레도 태어나고

돌아가는 시계바늘의 사방에서
솟아오르는 전쟁의 구름
솟아오르는 굴뚝의 구름 밑에
계획되고 지배되는 고독한 로봇

종이 공장

나는 내 詩의 경작지에
종이 공장을 하나 세워놓는다
보이지 않는
종이 인간들이 일하는 종이 공장을

그리고 종이 공장을 겹겹의
섬세한 가시철망으로
빽 둘러막는다
종이 인간들이 도망치지 못하도록

그럴 줄 알았다
그새 나의 횡포를 참지 못하고
안 보이던 종이 인간들이 투명한
품삯을 달라고 가시철망에 달라붙고 있다

골이 났는지
종이 가슴들을 찢어 열어 젖히고
두 손을 집어넣어
종이 조각들을 모조리 밖으로 내던지고 있다

어떤 종이 인간은
제 몸에 불을 지르고 있다

기계

기계는 재롱이나 떨고
노예처럼 봉사하다 죽는 것이 아닌가
광산의
부두의
사막의
달나라의 노동자
혹은 대도시의 막벌이꾼과 함께
묵묵히 평생 일하다 죽는 것이 아닌가
종이컵에 우유를 따라주는 자동판매기처럼
봉사하고
요란하게 심벌즈를 치며 돌아가는 성성이처럼
재롱이나 떠는 것이 아닌가
그런데 저놈은
네모 난 유리눈알이 광채로 번쩍이고
끼르르 끼끼거리면서
쇠뭉치로 신나게 콘크리트 건물을 때려 부수고 있다
저 힘도 재롱쯤이라면
저놈의 심통이 터져버리는 날엔
어떨까

저놈이 한낱 재롱을 떨 때
나는 공포에 떨고

그런데 저 기계 속의 노예는 누구더라

수리공

나는 모든 노동이 즐거워졌으면 좋겠다.
기름때와 땀으로 얼룩진 노동의
죽어서는 맛볼 수 없는 노동의 즐거움을
노동의 보람을 배웠으면 좋겠다.

쓰러져서 일어나지 못하는 자전거와 함께
펑크 난 튜브와 낡은 페달과
살이 부러진 온갖 바퀴들과 불안한 핸들과 함께
해체된 쇠들의 무덤.

쇠들을 분해하고 결합하다 손가락뼈는
게 같은 손가락뼈는 와르르 분해된다.
삐꺽거리며 낡아가는 뼈의 사슬,
나사가 부족한 영혼,
그리고 더러 제 손을 내려치는 나의 망치여,
나는 모든 노동이 즐거워졌으면 좋겠다.

상황 판단

모두들 허겁지겁 키가 크나 보다.
줏대도 없이
볼품만 장대하게 키가 커서
맥없이 어디론가 끌려가나 보다.
굵직한
의무의
간섭의
통제의
밧줄에 끌려다니는 무거운 발걸음.
기차가 언제 들이닥칠지 모르는
터널 속처럼 불안한 시대를,
지금 혹은 최후의 시간을
휘청거리면서 모두들 걸어가나 보다.
왜 걸어가는지도 모르면서
넘어지지 않으려고 애쓰다가
넘어져서
다시 일어나지 못하는 그날을 향해?

발걸음

긴장한 고압선들 사이에
신호기가 서 있고
철도원이 깃발을 흔들어대고 있었다
떠밀리면서 개찰구를
빠져 나오면 저무는 광장
노란 줄이 선명한 아스팔트가 보이고
넓적하게 깔린 쥐가죽
그 위로 육중한 타이어들이 굴러갔다
붐비는 분주한 발걸음들
자빠질 듯 흔들리면서
수레에 실려가는 목각인형들
밤이 오고 긴장한
고압선들이 서로 얽혀드는 밤을 향하여
걸어가는 발걸음인 줄 알면서
성대한 장의행렬처럼 붐비는 사람들 속을 걷고 있었다
유령들처럼은
발자국도 없이 발걸음을 옮기는
유령들처럼은 정말 걷지 않겠노라 생각하면서
이끼 한 조각 없는 넓은 아스팔트 위를

54

甲皮魚

도청의 긴 회랑을 빠져 나오면
어둠,
비가 내리고
가짜 비늘로 뒤덮인 간판들이 화려하다.
건강한 야만인의 마을이 그리운
밤
빛의 제국,
비에 젖어 번들거리는 아스팔트와 검은 승용차들,
넘실거리는 소리의 해일.
방파제처럼 둘러막은 잇단 건물들은
나를 아뜩하게 하고
넘실거리는 소음의 해일 속을 사람들이 떼지어 몰려가도
내 눈엔
뿔뿔이 저마다 외롭고
무뚝뚝하게 몰려가는 갑피어들의 나라일 뿐.
건강한 야만인의 마을이 그리운
밤
빛의 제국,
가짜 비늘로 뒤덮인 화려한 빛의 제국.

짙어지는 밤

먹구름장이 별들을 거적때기로 덮었다.
전쟁이 터지면
전쟁이 터지면 하는
붉은 빛 불안에 짓눌리는 밤인데

항아리처럼 불쑥 다가왔다
항아리들처럼 어둠 속으로 사라지는 사람들.
붉은 빛 흉기에 지레 눌려
꼼짝 않고 가만히 벽에 달라붙어 있는 사람들.

마땅치 않다 갈 곳도
대체 뭘 해야 할지도 모르는 밤
건물들은 괴괴하게 다가오고
고요 속에 뚜벅뚜벅
구둣발 소리는 귓속을 울리는데

헤드라이트를 끈 텅 빈 차량 속에
들어앉은
어둠,
텅 빈 공중전화 부스의 어둠.

이상한 도시

땅을 뚫고 새싹들이 고개를 내밀까 하는데
느닷없이 시베리아 추위가 몰아닥쳤다
곰의 가죽을 뒤집어쓴 시베리아 바람 속에
입이 대합조개처럼 닫혔다
눈이 마른 눈꺼풀 속으로 움츠렸다
서두르는 행인들과 문짝을 닫아 거는 상인들
귀가하는 재빠른 구둣발 소리
그 어느 때보다 딱딱하고
검고
텅 빈
아스팔트를
키 크고 무뚝뚝한 전봇대 그림자가 가로지르고
좀도둑은커녕 도둑고양이도
얼씬거리지 않던 밤
아스팔트 텅 빈 밤의 저쪽에서
그 무엇이 오고 있는지
곰인지
화재인지
태풍인지
도무지 내다볼 엄두가 나지 않을 만큼

대문들의 빗장이
굳게 대문을 지키는 밤이었다

흉터

개에 물린 이빨 자국이 지워지지 않는다.
흉터 속에는
아직도 으르렁거리는 개가 있고
왕 같은 아버지의 얼굴이 있다.
스스로 아물릴 수밖에 없는 상처들,
가시덤불의 길을
피에 젖어 절뚝이며 걸어온
곰 같은 역사도 그렇지만
저마다 끙끙대며 아물릴 수밖에 없는
상처들이 검은 흉터가 된다.
어린 나무를
스쳐간 도끼 자국은
나무가 자라 푸르름을 완성하는 날에도
여전히 남아 있을 것이다.
공포를 깨끗이 잊은 것 같으면서
꿈속에 목 졸리는 어머니들,
꿈속에 목 졸리는 어린 아이들,
그들에겐 속 깊은 흉터가 있다.
짓눌리는 밤과 버둥거려야 하는 대낮의
이중의 악몽이 있다.

저녁

바람을 실컷 마시며 걸어간다.
어제 본 플래카드는
오늘도 여전히 펄럭거리고
꽝꽝하게 죽은 나무 나뭇가지에
방패연은 찢어져 떨고 있다.
환성을 터뜨리는
개선문은
국민학교 운동회 날에나 있었지.
몇 번이나
꿈은 제왕절개수술을 당하고
꿈 대신 엉뚱한 오리발이 튀어나왔지.
꿈의 자궁은 갈수록 곪아가고
지울 수도 없는 흉터들이 드러나고,
꽝꽝하게 죽은 나무 나뭇가지에
도끼보다 차가운 어둠이 내리는 저녁
바람을 실컷 마시며 걸어간다.

미주알고주알

하루의 뒷맛이 씁쓸해
순댓국집 골목으로 한잔하러 오는 막벌이꾼들
휴가를 얻어 나온 병사와 여대생과
돼지우리 안에 평생
꿀꿀이죽과 똥오줌의 태평을 누리더니
이제는 쟁반에 올려진
삶은 돼지머리들
한 광주리 순대에서 훈훈한 김이 피어 오른다
술독에 막걸리가 출렁거린다
태평성대지
그런데
미주알고주알 밑두리콧두리 캐던 험한 입이
에잇 똥이나 퍼먹일 돼지 같은 놈들
그런다
술이나 들지
순댓국에 묵처럼 엉겨붙은 검붉은 핏덩어리
아직은 어깨에 꽉 붙어 있는 모가지들을
서로 살펴보면서
술이나 한 잔 더 들지 그래

자물쇠

우스워라 Q가 밖에서 자물쇠를 잠그자
K는 안에서 자물쇠를 잠갔다
문짝이 벽으로 둔갑하는 순간이다
카타콤베 같은 K의 방
어둠 속에 나타나는
또 다른 묵직한 자물쇠에 얻어맞고
K의 생각은
목이 말라 제 머리를 깨고
손으로 뇌를 꺼내 핥아먹는 아귀
아귀들이 내려다보이는
심연 속으로 굴러 떨어진다

옥졸들

철문이 닫힌 밤중에
쇠사슬 끌리는 소리 들린다
사슬에 묶인 개가
흙을 파헤치는 소리 들린다
생각은 죽음의 쇠사슬 무게에 끌려
저승의 계단을 내려가고
저승의 강을 건너
이내 저승의 옥졸들에 둘러싸인다
눈알이 열 개나 달린 옥졸
손에 피에 젖은 뿔방망이를 쥔 옥졸
그리고 열심히 조서를 꾸미는 옥졸들
그들은 저승인간을 끝없이
감시하고 고문하고 죄의 무게를 기록한다
쇠사슬 끌리는 소리 들린다
신문조각이 어둠 속에
뒤척이며 끌려다니는 소리 들린다
철문이 닫힌 밤중에

쥐치

연탄불에 굽는 쥐포들이 꿈지럭거린다
쥐포는 딱딱하고
방부제를 잔뜩 발라놓았고
콧구멍도 없다
주둥이도 없고 혀도 없고
귀도 없다 눈도 없다 지느러미조차 없다
쥐치포는 쥐포일까
혹시 쥐고기를 얇게 썰어 붙인 게 아닐까
쥐치포를 보면서
집단적으로 벌거벗겨진 쥐치들을 생각한다
벌거벗은 채
철조망 속에 쭈그리고 앉아 있는
주둥이가 뾰로통한 아프리카 포로들을 생각한다
그들은 개성이 없다
방패도 없다 발언권도 없다 칼도 없다
포로들은 엄중한 감시 속에
눈치나 보면서 앉아 있는
궁둥이를 고작 걸레로 가린 자들이다
쥐치포를 보면서

주둥이가 뽀로통한 쥐치들을 생각한다
불행의 포로
불행의 포로수용소에 갇혀 있는
이름 없는 숱한 사람들을 생각한다

탈옥자

탈영을 한 것이 잘못이었다
형무소에 들어가
늙었다
석방되었다
직업을 구할 수가 없었다
형무소에서 벽돌 쌓던 솜씨로
목수 노릇을 했다 서툴렀다
대들보에서
떨어져 척추를 앓았다
직업을 구할 수가 없었다
망설임 끝에 돈푼깨나 있는 자를 꾀었다
성공했다
잠적하였다
법의 담벽을 뛰어넘어 간 탈옥자
그는 자유로울까
느닷없이 들이닥치는 형사들에게
가족들이 죄도 없으면서
허구한 날 비굴하고 공손하게 벌벌 떠는 동안
그는 어디서 또 뭣 하고 있는 것일까

통 속에 죽어라

통 속에 꽉 차는
늙은 게가 한 마리
통 속에 죽어라
죽어라 게다리를 어기적거리고 있다
통 속에서 통 밖의 바다로
나가면 잡아 넣고
나가면 또 잡아 넣어도
늙은 게는 통 속에 죽어라
죽어라 게다리를 어기적거리고 있다
이윽고
이젠 정말 통 속에 죽으라고
뚜껑을 덮고 그 위에
묵직한 돌을 올려놓자
다리를 쪼그린 채 늙은 게는
통 속에서 혼자 울기 시작했다

불의 알

너는 불란서 빵보다 크고

너는 마네킹보다 아름답다

너는 그 어떤 건물보다 떳떳하고

그 어떤 기계보다 신비롭다

너는 돈도 없이 은하수를 관광한다

그만큼 너는 자유롭다

너의 순간순간은 영원하고

시체실 문짝은 문짝에 불과하다

그러면 당신은 묻겠지 너는 누구냐고

부화한

불의 나라의 백성이라고 해두자

아침

방위병들이 중대로 뛰어가는
아침에 그는
어김없이 자라난 수염을 깎고
거울을 떠나버린다.
조간신문에는 철새들의 식중독,
돌고래들의 떼죽음.
극약 뿜는 공장 굴뚝의 연기는
뭉게뭉게 소읍에도 퍼져오고
법원이 뿜는 법의 힘이
어떤 무인도에도 미침을 그는 느낀다.
까치가 짧게 짖어대는 아침
거울 앞에 서서
그는 호주머니 검사를 하고
허둥지둥 거울을 떠나버린다.

아카키 아카키예비치

그는 러시아의 한 하급 관리 —— 구등관 ——
죽어서 어슬렁거리는 유령이 되고
(한이 깊으면 유령이 되는 것일까)
또 다른 아카키 아카키예비치가 있는데
그도 또한 소읍의 한 하급 관리
빨강과 검정 두 볼펜을 반창고로 동여맨 채
끄적거리는 두꺼운 장부책에 정신이 팔려서
이맛살에 주름이 느는 것도 몰랐다
졸보기 눈이 되는 것도 몰랐다
그 애처로운 아카키 아카키예비치는 몰랐다
허리를 굽실거릴수록
한편에선 더욱 떵떵거리는 것을
떵떵거리는 자들일수록 더 떵떵거리는 자들 앞에선
아첨을 떨고 더 굽실거리는 것을
그 바보는 몰랐다
오늘도 두꺼운 장부책에 코를 박고
그는 졸보기안경을 코에 건 채 끄적거린다
그에겐 웃지 못할 가련한 버릇이 있다
전화를 통해 명령하는 상사에게

70

(상사는 보이지도 않는데)
꾸벅!
수화기를 든 채 허리를 굽실거리는 버릇이

별것도 아닌 것이

별것도 아닌 것이 나를 움직인다
나는 별게 아니겠지
하면서 별것 아닌 것으로 제쳐버리면
어느새 큰일이 되고 마는
쓸데없는 일인 것 같고 별것 아닌
정말 별것도 아닌 것이 나를 움직인다
아직껏 나는
바보스럽도록 순진하고
멍게처럼 멍청한 것도 아닐 텐데
나는 죄가 되는 게 아니겠지
하면서 죄 없는 일이라 제쳐버리면
터무니없이 큰 죄가 되고 마는
정말 별것도 아닌 것이 나를 움직인다
나는 곧장 무덤으로
시시각각 무덤 쪽으로 전진하고 있는데
도대체 어떻게 된 일인가
별게 아니겠지 하면 큰 일이 되고
죄가 아니겠지 하면 큰 죄가 되고
별것도 아닌 것 같은

정말 별것도 아닌 것들은 언제쯤에나
속시원히 나를 풀어줄 속셈인가

유령들

까치가 알을 낳고
까치새끼들을 날개가 크게 키우는 동안
민방위훈련의 황색 깃발이
올라갔다 내려오고 늙은 대추나무가
올해의 빛나는 대추알을 완성하는 동안

도대체 뭘 하고 있는지 모르겠다
유령들은
유령이 되기 전엔
뭣 하던 자들일까
호텔에서 오후까지 곤히 잠자던 자들
거울을 보며 화장하던 자들
건물 속에서 더하기 빼기 곱하기 나누기
막대 그래프 키 재보기
그런 걸 전자계산기를 두들기며 계속하던 자들
세상이 귀찮아 무위도식을 즐기던 자들
말뚝 같은 자들이 아니었을까
말뚝은 썩으면서 버섯이라도 보여주지
유령들은 말뚝만치도 변치 않는 자들이 아닐까

도대체 뭘 하고 있는지 모르겠다
유령들의 광장은 있기나 한 것일까
유령들은 왜 나는 유령입니다
라고 크게 소리치지 못하는 것일까

사람들은 말을 타고 싶어한다

바람주머니를 누르면
껑충대는 장난감 말의 운명으로
껑충대는 사람들이 있다
벽에 머리를 대고
혼자서 가만히 우는 아이가 있다

사람들은 말을 타고 싶어한다
파도를 타고 싶어하고
코끼리를 타고 싶어한다
손수레에 장치한 말 잔등에 올라
신나게 달리는 아이들
모처럼의 일요일에 목마를 타고
즐겁게 돌아가는 어른들

시원한 대평원을 잘도 달리는 듯
그들의 얼굴빛은 환하건만
지불한 시간이 끝나면
이내 말 잔등에서 내려와야 한다

76

열차번호 244

둥글고 큰 주황색 흐린 등불이
입을 떡 벌리고 잠자는 사람
의자 구석에
서로 가냘픈 머리를 기대인 채
잠든 아이들을 비춘다.

깨어 있는 것은 트럼프 놀이 하는 사람들이다.
지루하고 긴 시간을 잊으려고
주간지의
권투와 미인과 스캔들과 이 주일의 운세를
샅샅이 거듭 읽는 사람들이다.

텁텁한 기차 안의 공기,
짐보따리와 가방들은
선반 위에 너절하게 널려 있고
둥글고 큰 주황색 흐린 등불이
삶은 달걀 껍질과 오징어포 포장지
담뱃재가 담긴 빈 맥주깡통을 비춘다.

바퀴의 소용돌이와 울렁거림 속에
내다보면 사위어가는 달,
돌비늘처럼 거무스름한 유리창에
희미한 얼굴과
환상적인 유령들은 비쳐오고

초라하고 쓸쓸한 역들이 스쳐간다.
내리고 싶지 않은
두렵고 낯선 역에 내리듯
죽음의 나라로 조용히 내려갈 사람들.

피곤한 살가죽과 땀냄새와
창유리에 닿는 물 같은 어둠 속에
떠오르는
고래 뱃속에서 쩔쩔매던 요나의 밤,
다시 뒤적이는 석간신문 한 구석
오늘의 小史
— 서산대사 입적(1604) — 마네 출생(1832) —

3

사북, 1980년 4월

증오와 증오의 투석이다
거리엔 집단적인 돌들이 깔려 있었다

투구와 방패가 번쩍이고
노동의 기쁨 모르는
어두운 손들이 돌을 쥐던 낮

먹구름과 먹구름의 충돌이다
서로 으르렁거리고 찢어지고
노동의 기쁨 모르는
어두운 손들이
파괴하고 방화하던 광산의 밤

결국 범죄와 도주와 눈물을
거느린 밤이 오고
케이블이 다시 돌기 시작하고

돌들만이 고요한 광산촌
거리엔 석기시대의 어둠이 깔려 있었다

권투왕 마빈 해글러

그는 심판관을 믿지 않는다
판정승을 기대하지 않는다
심판관은 쉽게 매수되기 때문이다

그는 심판관을 믿지 않는다
판정승을 기대하지 않는다
이 점에서 무신론자 같지만

그렇지 않다 그는 벌거벗은 채
승부욕이 강하게 싸운다
이 점은 순교자와 같다

서로 좋게 승리로 이끈다면 얼마나 좋으랴
그가 뛰는 링은 종종 피범벅이다
이 점은 불란서 혁명과 같다

마빈 해글러는 세계 챔피언이다
하지만 죽음의 왕 앞에선⋯⋯
이 점은 불쌍한 투우와 같다

광물의 골짜기

보이는 것은 달과 잿더미
광부들은 더러 잠들고
바람이 분다 石炭紀의 마을에
밤이 오고 별똥이 떨어지고
너펄거렸던 비늘나무의 잎사귀는
보이지 않는다
보이는 것은 달과 잿더미
조용히 재 끼없는 바람 아래
광부들은 더러 잠들고
달무리에 파스텔 빛깔로 서리던 추억은
구멍이 많은 기억장치 밖으로
새어 나가는 잿가루 혹은 별똥의 꼬리일 뿐
만져지지 않는다
만져지는 것은 나무껍질과 껍질의 주름
발바닥 밑에서
판유리처럼 깨어지는 낙엽들의 소리는
내 발바닥의 죽음과 손가락뼈의 죽음을 일깨우고
바람이 분다 조용히
재 위에 재를 끼없으며
석탄기의 마을에 바람이 분다

오늘

덜컥거리면서 기계는
연거푸 쌍둥이 연탄들을 찍어내고
코밑이 까만
배달부가 수레에 탄을 쌓는 동안
진흙과 물에 반죽된
탄은 고대의
封印木의 향기를 은밀히 풍겨준다
잿더미에 한 번 더
불을 지피는 마음으로 살아가는 오늘
바퀴가 짓눌리는 수레를 끄는
코밑이 까만 배달부의 발걸음에서
연자매 돌리는 황소의 걸음을 보고
결국은 내 앞뒤의
공동묘지에 진흙과 반죽되는 두개골들처럼
깨어져 널린 식은 연탄재들을 본다
갱목업자들의 트럭이
통나무를 싣고 산을 내려오고
탄광이 폐광을 향하여
갱도를 넓게 뻗어가는 오늘

까치들은 짖어대고
둥지는 끝내 마을을 떠나지 않는다

케이블

떡갈나무
큰 잎사귀로 엮은 모자를 쓰고
고무신을 신고
산을 정복했던 날들은 가고
저물녘 늙은 광부가 돌아온다
말대가리만한 장화를 끌며
손에 밥통을 들고
돌아온다 검은 광물 같은 얼굴이
조금씩 굽어가는 등뼈가
돌아온다 소굴은 어둡고
애녀석의 울음소리 들리는데
무너지는 산과 산을 건너
케이블은 여전히 돌아간다
케이블은 요일도 없이 돌아간다
추억은
돌아왔다 다시 돌아가는 추억은
도대체 뭐야
내일은
돌아왔다 다시 돌아가는 내일은

신부

최초의 사랑은 관념적이었다.
그런 사랑은
부풀었던 풍선다발처럼 터져버리고

비가 온다. 히스테리를 일깨우며
먹구름이 멘스를 흘리는 밤,
빨랫줄의 행주가 젖어드는 밤에

가위로 머리칼을 잘라낸다. 신부가
곱다랗게 길러온 머리칼을
뭉텅뭉텅 휴지통에 잘라 버린다.

이윽고 신부는 혼자 중얼거린다.
답답해, 지루해, 신경질 나,
뭐 이따위 징역살이가 다 있어.

시궁쥐

먹을 거라면 환장하는 새끼들에게
좀 쩝쩝댈 거라도 물어다 주자는 거겠지
아니면 배춧잎이라도 장만해서
군색한 살림을 그럭저럭 꾸려 나가자는 거겠지

부지런한 맞벌이 부부
시궁쥐 한 쌍이 뭐 물어갈 게 있다고
가난한 백성들의 쓰레기통에
뭐 물어갈 게 있다고
눈치를 보아가며 부지런하게 들락거린다

쥐들도 제 새끼에게 젖을 물리나
콧수염을 기르고 털가죽 외투를 입고
피에 젖은 성생활까지 뻔질나게 하면서 사나
평생을 그런 짓거리나 되풀이하다가 죽나

좀 쩝쩝거릴 것만 떨어지지 않으면 되겠지
아무리 더러운 똥오줌 진창바닥이라도
제대로 숨도 못 쉬는 쥐구멍 속에서도 모가지만

모가지만 붙어 있으면 되겠지 시궁쥐들은
배가 고프면 서로 잡아먹어도 되겠지

소심한 망나니

그는 횟술을 마신다
흑갈색 윤나는 홍합
껍데기를 너절하게 늘어놓고
잔뼈 많은 꼼장어를 씹어대면서
술고래도 못 되는 주제에
연거푸 독한 소줏잔을 기울인다
이윽고
일부러 고주망태인 척하면서
그는 오줌을 아무 데나 눈다
아무에게나 괜히 시비를 걸고
엉뚱한 사람 궁둥이를 발로 차려 한다
그러다가 나중에는
전봇대에 들소처럼 머리를 박고
구토한다 눈물을 찔끔대면서
그에겐
마누라와 자식새끼들이 있다
배짱대로 하면
당장에 먹을 게 걱정되는 가족들이

깨꽃

똥통처럼 고통스러운 더러움에
불지르고 싶은 이의 마음이 아니었을까

뚜렷한 거지들이 보이지 않는
누추한 탄광촌
검은 내장을 파헤쳐 올린 광산에
진종일 재가 내리고
황색 불도저조차 아름답다

잿더미에 불꽃을
피우고 싶은 마음의 불길이 아니었을까

뚜렷한 거지의 소굴이 보이지 않는
탄광촌에
여름이 가고
아침 저녁으로 가을빛이 서리는데

불꽃과 불꽃을 모아
더 큰 불길을 이루고 있는 꽃

소풍

.

멋쟁이 나비들이 날아다니는
화사한 봄날 아이들이
산을 넘어 너울너울 소풍을 간다
새장에 갇혀
구관조처럼 말을 배우던 아이들이
구구법을 외우고 도덕을 익히던
아이들이 모처럼 즐거워서
너울너울 산을 넘어 소풍을 간다
왕 없는 숲의 궁전에서
교과서에 없는 보물을 찾으려고
딱딱한 의자 위에
딱딱하게 앉아 있던 아이들이
운동장에 묘목처럼 줄을 서던 아이들이
일 년에 한 번 있는
봄소풍이 좋아 너울너울
소풍을 간다

병원 회랑

눈매가 이쁜
다리가 짧은
펭귄 같은 아이들이 아장거린다.
의사가 법관처럼 죽음을 선고하고
시체실 문짝이 덜컹거리는 늦은 봄,
뭉게뭉게 구름들이 마주 보이는 회랑을
중풍 걸린 할머니가
말라 휘늘어져 휠체어에 실려 나가도
무거운 눈꺼풀이 눈을 덮어도
눈매가 이쁜
다리가 짧은
아이들이 아랑곳없이 아장거린다.
주사기 바늘에 딱딱해진 궁둥이의 비애,
폐병을 선고받고 시무룩하게
계단을 내려가는 늙은 광부,
더러는 흰쥐처럼 뜯겨지는 실험용 시체들을
화장터의 검은 뼛가루를 아직은
모르는 아이들이 조금씩
걷는 법을 배워가는 다리가 짧은

눈매가 이쁜
펭귄 같은 아이들이 까르르 웃으면서.

정원사

잣나무 묘목들이 줄을 서 있고
무궁화가 피어 있는 정원에서
정원사가
(알고 보니 그는 교사였다)
전지가위를 들고
회양목과 향나무를 다듬고 있었다
주위는 조용한 校舍
(알고 보니 그것은 일제시대 건물이었다)
반들반들한 유리창들을 보면서
건물이 이렇게 자꾸 땅속으로 가라앉아서
어떻게 하느냐
(땅 밑에는 갱도가 뚫려 있다고 했다)
기타 등등의 말을 정원사와 나누고 있을 때였다
종이 울리고
소년이 하나 걸어 나와
정원사와 내 곁으로 다가왔다
——선생님, 교실 벽에 쩍 하고 금이 갔어요
그렇게 말하는 녀석의
얼굴에는 벌써 주름이 잡혔고

코밑에는 쥐수염이 돋아 있었다
―― 아니, 애가 왜 이렇게 늙었나요?
―― 글쎄요
(그는 전지가위로 소년의 쥐수염을 다듬기 시작했다)

문짝의 안팎

북평항은 자물쇠로 잠겨 있었다
기선이 없는
조그만 바닷마을의 방파제에서
파이프오르간처럼 으르렁거리는 바다를 보고
부두 위에 생선궤짝과
도루묵을 퍼내는 삽과
가죽치마를 두른 여인들을 보고 서둘러
돌아오고 있었다 월요일 때문이었다
기차는 태백산맥을 넘어
광산촌에 나를 내려놓았다
밤이 내리고
검은 재가 깔리는 골짜기
석탄차는 여전히 끌려가고 있었다
밤 몇 톨을 굽는 연탄불이 보였다
할아버지의 손이 보였다
달빛 탓이었을까 어느 집 옥상에
검고 둥근 모자를 덮어쓴
뚱뚱한 유령들이 서 있었다
항아리들이었다

끝내 제 소굴로 돌아오는 짐승처럼
문짝의 자물쇠를 열었다
방에는 흉측한 거미가 살고 있었다
끈적한 죽음의 그물 속에서
어기적거리며 늙어가는 검정거미가

주전자

진눈깨비가 내린다
누비옷으로 몸을 감싼 여인들이
누비옷 속에 아기를 업고 창 밖을 지나간다
증기를 뿜는 주전자
아가리를 뚜껑으로 덮으니
답답해
콧구멍이 뚫렸어도 답답해
증기를 뿜는 주전자가 뚜껑을 들먹거린다
형이상학의 뚜껑 밑에
댓진 냄새 풍기는 파이프
연기를 코로 내뿜는 형이상학자들
그리고 물위로 콧구멍만 내놓는 소심한 하마들이여
콧구멍만 뚫렸으면 뭘 해
이렇게 무식하고
이렇게 숨이 차고
이렇게 대머리가 점점 벗겨지는 생
때때로 고뿔까지 앓으면서 훌쩍이고
이렇게 죽어가는 죽어가는 생
주전자의 코는 코뿔소의 코뿔처럼 낯설고

살가죽도 낯설고 이제는 내 턱뼈조차 낯설다
콧구멍만 뚫렸으면 뭘 해
묵묵히 콧김이나 뿜으면서
이렇게 하마의 주름살이 잡혀가는 생

북어

밤의 식료품 가게
케케묵은 먼지 속에
죽어서 하루 더 손때 묻고
터무니없이 하루 더 기다리는
북어들,
북어들의 일개 분대가
나란히 꼬챙이에 꿰어져 있었다.
나는 죽음이 꿰뚫은 대가리를 말한 셈이다.
한 쾌의 혀가
자갈처럼 죄다 딱딱했다.
나는 말의 변비증을 앓는 사람들과
무덤 속의 벙어리를 말한 셈이다.
말라붙고 짜부라진 눈,
북어들의 빳빳한 지느러미.
막대기 같은 생각
빛나지 않는 막대기 같은 사람들이
가슴에 싱싱한 지느러미를 달고
헤엄쳐 갈 데 없는 사람들이
불쌍하다고 생각하는 순간,

느닷없이
북어들이 커다랗게 입을 벌리고
거봐, 너도 북어지 너도 북어지 너도 북어지
귀가 먹먹하도록 부르짖고 있었다.

얼룩

얼룩덜룩하게 나타난다

악몽 속에 기울어가던 판잣집이
발이 굵은 문어가
휘감은 가족들의 얼굴이

앵무조개의 화석과
내가 삼킨 자라의 피
모가지가 떨어지며 쏟아지던 피가

나타난다 하늘 궂은 이 여름
얼룩을 채 빼기도 전에
또 다른 얼룩들이 테를 치며

누추한 기억의 피륙 위에
늙은 문둥이의 얼굴이
백색으로 뭉갰던 숱한 밤들이

여우비

시간 속에 늙어온 남자가
후드득 후드득 비를 맞는다
둔해 가던 감각들이
깜짝깜짝 놀라면서 비를 맞는다

탯줄에 매달린
애처럼
애호박이 점점 살찌는 여름
물로 가득한 줄기들은
꿈틀거리며 태양을 향해 기어오르고

자라나며 굵어지던 등뼈 속에
점점 커지던 얼굴 속에
쭈글쭈글 시들던 꿈의 떡잎,
체념이
충동을 억누르며
글썽이는 땅 위에서
두꺼운 체념을 뚫고
충동이 화산처럼 불을 뿜지 못하는

마그마 같은 가슴,
가슴이 점점 식어 굳어가는 땅 위에서
결실도 없이 늙어온 남자가
후드득 후드득 비를 맞는다
커다란 초조 속에
깜짝깜짝 놀라면서 비를 맞는다

부서진 뗏목

풍비박산이다 그의 가족은
곰방대를 빨며
좀도둑을 지키는 늙은 창고지기다.
수세미와 행주를 쥐어짜며
남의 집 부엌을 드나드는 파출부다.
고희를 넘어서도
됫박성냥을 팔러 다니는 할머니.
눈이 감람석처럼 파란
아기를 안고
바다를 건너가 버린 신부다.
풍비박산이다 그의 가족은
택시운전사의 반려자,
털실뭉치 속에 파묻힌
변두리 편물집 아줌마다.

갈수록 풍랑이 거세지는 세파 속에
서로 멀리멀리 멀어지면서
저마다 통나무를 붙들고 버둥거린다.

구석

후텁지근하다

텅 빈 골목의 대낮 솜틀집

케케묵은 솜뭉치를 씹어 뱉으며
덜컥거리던
낡은 솜틀이 쉬고 있다
할머니 한 분이 쉬고 있다

긴 담뱃대의 댓진을 긁어내고 있다

누에

하늘을 날으는 관광객을 위하여
지붕에
빨간 페인트가 칠해졌다
함석을 덮은 누추한 통나무집
먹기만 하면 놋요강에 죄다 토하는 할머니가
요때기를 덮고 앓는 훤한 달밤에

누에들이 집을 짓는다
백악빛 바탕에 점 까만 누에들이
주름살 늘려온 늙은 몸을 돌리면서
둥글고 단단하게 집을 짓는다
신비스런 번데기의 밤을 지나
달무리 가까이 날아보려고

아니다
일등품 누에고치로 팔려가려고
할머니가 요때기로 배를 덮고
신음하며 앓는 훤한 달밤에
누에들이 집을 짓는다

갈수록 해맑아지는 누에들이
말라 휘늘어진 늙은 몸을 돌리면서

마음

송아지가 뛴다
마른 짚에 갓 낳은 어린 것이
재롱떨듯
신기로운 최초의 세계를 뛸 때
당신은 가마솥에 쇠죽 끓이고

초저녁 최초의 힘찬 별이
마을 가까이 빛날 때
당신은
핼쑥해진 암소의 늙은 잔등에
두툼한 거적을 덮어준다

늦가을 떡갈나무 잎사귀처럼
투박하고 꺼칠한 손
해맑아지던 누에 같은 흰 눈썹 한 쌍
나는 읽는다 돌의 주름 간 얼굴
나는 읽는다 순한 눈매 속의 눈물주머니

혓바닥으로 송아지의 눈 언저리를 쓸어주는

소의 마음을 아는 것은
소 먹이며 소처럼 살아온
가난한 두메 백성인 당신이라고
눈썹이 희도록
쇠죽을 끓여온 바로 당신이라고

거적

가죽나무가 흔들린다
거적들이 힘차게 너펄거린다

거적송장은 어떻게 되었을까

솜이불이 눅눅히 땀에 젖던 밤
꿈에 너는
이오를 안고
이오니아해를 건너가고
어디에도 보호색은 없는데
신들의 당당한 폭력처럼
불행의 칼날이 스쳐가고
어디에도 보호색은 없는데
꿈에 너는
이오를 안고
이오니아해를 건너가고

거적송장은 어떻게 되었을까

늙은이들만이 남아 청동화로에 숯불을 담고
군불을 지피며 추운 여생을 버티는
산기슭
가죽나무가 흔들린다
거적들이 힘차게 너펄거린다

화전민

숯가마에 참숯 굽던
화전민 마을
송이버섯 몇 채에 불과한 산속 마을에
바람 불고
문짝 덜컹대는 빈 집들만 있다

어디로들 다 쫓겨간 것일까

대설주의보

해일처럼 굽이치는 백색의 산들,
제설차 한 대 올 리 없는
깊은 백색의 골짜기를 메우며
굵은 눈발은 휘몰아치고,
쪼그마한 숯덩이만한 게 짧은 날개를 파닥이며……
굴뚝새가 눈보라 속으로 날아간다.

길 잃은 등산객들 있을 듯
외딴 두메마을 길 끊어놓을 듯
은하수가 펑펑 쏟아져 날아오듯 덤벼드는 눈,
다투어 몰려오는 힘찬 눈보라의 군단,
눈보라가 내리는 백색의 계엄령.

쪼그마한 숯덩이만한 게 짧은 날개를 파닥이며……
날아온다 꺼칠한 굴뚝새가
서둘러 뒷간에 몸을 감춘다.
그 어디에 부리부리한 솔개라도 도사리고 있다는 것
일까.

길 잃고 굶주리는 산짐승들 있을 듯
눈더미의 무게로 소나무 가지들이 부러질 듯
다투어 몰려오는 힘찬 눈보라의 군단,
때죽나무와 때 끓이는 외딴집 굴뚝에
해일처럼 굽이치는 백색의 산과 골짜기에
눈보라가 내리는
백색의 계엄령.

늦가을

비껴드는 늦가을 햇볕 속의 은행나무는
한 마리 늙은 잉어였다
노란 비늘들이 벗겨져 땅바닥에 떨어지고 있었다

벽 밑에 쭈그리고 앉아
비껴드는 늦가을 햇볕 쬐는 갱생원의 늙은 병자들
씨앗을 뿌리고
고개를 떨군 누추한 꽃들

비껴드는 늦가을 햇볕이 산등성이에 그치고
늙은 병자들이
철조망에 널었던 요때기와 빨래를 거두며
갱생원 안으로 들어가고 있었다

약에 취한 듯 비틀거리는 잠자리가 한 마리
낡은 날개를 떨며
해거름 속으로 조용히 사라지고 있었다

눈보라

책상엔 백지가 놓여 있었다
휴지통엔 뭉쳐 버린 더 많은 백지들이
눈더미처럼 쌓여 있었다
나는 내 안에 들끓는 마그마를
황홀하도록 백지에 쏟아붓지 못하고
벽돌 딱딱한 벽에 머리를 기댄 채
비스듬히 누워 있었다 내 대신
의자가
책상의 백지와 마주 앉아 있었다
무력한 어제의 나는
의자여도 좋았다
뒤로 넘어진 의자여도 좋았다

밖에는 끝없는 눈보라가
유리창을 눈의 깃털들로 덮으며 휘돌아가고

눈보라를 일으키는 힘의 날개를
생각하고 있었다
그 힘의 날개는 붕새의 날개여도 좋았다

북극 흰올빼미의 날개여도 좋았다
문득 추억은
결국 하얗게 파묻힌다, 는 생각이 들었다
나는 흰 웃음을 많이
잃었다는 생각이 들었다

밖에는 끝없는 눈보라가
유리창을 눈의 깃털들로 덮으며 휘돌아가고
끝없는 남극의 눈보라와 싸우며
비틀거리는 해군대령 스코트의 모습이 보였다
밖에는 끝없는 눈보라가
유리창을 눈의 깃털들로 덮으며 매섭게 휘돌아가고

책상엔 여전히 백지가
놓여 있었다
더 많은 백지들이 휴지통에
눈더미처럼 쌓여 있었다 그 속에
말들이 있었다
버린 말들이 버석거렸다

의자 대신 내가
다시금 책상의 백지 앞에
앉아야 한다는 생각이 들었다
나는 혀를 목구멍 속으로
삼킬 수 없다는 생각이 들었다
책상에 백지가 놓여 있었다
펜이 놓여 있었다

지질학적 시간

광산촌에 구리거울 같은 달이 뜬다
둥글다
훤하다
만월이다
헛간 지붕 위를 기면서
일제히 훤한 하늘로 뻗어 나가던
덩굴에 달린 청둥호박도 만월이다

마음만이 흐리게 일그러진다
복스럽게 이뻤던 얼굴들이
돌에 얻어맞은 늪 속의 달처럼
주름살과
슬픔의 혹을 달고 일그러진다

늦도록
키가 넘는 두레우물 두레박줄을
당기는 눈 우묵한 여인이 보인다
등에 업힌 아기가 보인다

이제는 흙이 들어앉은 눈두덩뼈

석기시대의 골짜기와 옛사람의 눈을 비추던
해는
저물어도 늙은 산맥 저쪽에서 빛나고 있다
늙은 산맥 저쪽 골짜기에서
쥐들이 날아온다
너펄거리는 날개 큰 쥐들이
쥐라기 이전의 까마득한 어둠을 끌고
널찍하게 텅 빈 밤하늘을 날아다닌다

구리거울이 반사하는 묵은 시간들
철갑의 기계들이 주둔하는 광산촌에
다이너마이트가 터지고 죽탄이 쏟아진다
갱 속에 곡괭이질하던 광부들이 보이지 않는다
철야하는 유령들의
검은 공장이 덜컥거린다
사느라고 등이 굽은 쥐며느리의 마을에
가슴팍도 등뼈도 다 굽은
난쟁이 안팎곱사등이의 마을에
늦도록 유령들의 검은 공장이 덜컥거린다

유배

氏는 가고 있었다
소나무 뿌리가 허공으로 삐져 나온 벼랑
바위들의 주름살을 보면서
몇만 년 시간의 골짜기를
단 몇 분 동안에 통과하고 있었다
시간과 공간의 또 다른 차원에 대해서는
별 신통한 생각도 기대도 없이
다만
산속의 길은 너무 멀고 지루하다는
무거운 발걸음으로

氏는 가고 있었다
바윗덩어리가 굴러 떨어진 골짜기의 많은 돌들과
돌들의 긴 여행과 정지와 시간의 질감을 보면서
감옥으로 가는 것처럼
마음이 내키지 않아도 별수없이
고삐에 끌려가는 노새처럼
시무룩하게 氏는 가고 있었다

누가 氏를 쫓아냈나 보다
귀양 보낸 옛 왕조의 죄인이 있듯
제정을 위하여
유배시킨 러시아 죄수가 있듯
네 죄를 네가 알라고
외딴곳에서 어떻게
사람이 그리워지는가를 배우라고
검은 전화 한 통이 멋대로
氏를 쫓아냈나 보다

누가 쫓아냈는지도 모르는 채
氏는 가고 있었다
氏는 터부가 아닌데
성역을 침범한 것도 아니고
氏는 분명 거지도 아닌데
쫓겨난 거지 꼴로 터벅터벅 가고 있었다

먼 산과 가까운 산이 아름다운 선을 그리듯이
그렇게 살지 못하는 더럽고 황량한 땅에

길은 너무 멀고
지루하다는 무거운 발걸음으로
시무룩하게
氏는 인적 없는 산속의 길을 가고 있었다

법

여기 또한 법이 없는 땅이 아니다
지열을 뿜는 뻘건 진흙에
배를 깔고 엎드려 열심히 포복하면서
코뿔소처럼 씩씩거리며 뛰어서 나는 산에 올랐다

소나무들이 쏴아거린다
땀과 검불들과 진흙으로 얼룩진
웃통을 잠깐이나마 벗자
쏴아거리는 파도 소리의 바람을 쐬자
예비군들이 씩씩거리며 뛰는 동안
청띠신선나비는
바람을 타고 마음껏 하늘을 날고 있구나
하지만 민방위복을 입은 신선들은 어디에 있는 것일까

나는 정말 해탈하는 법을 통 모르겠다
産門이 解脫門이라는 말을 들었어도
가야산 해인사에 해탈문이 있다는 말을 들었어도
자궁과 해탈문을 벌써 빠져 나온 나는
해탈하는 법을 통 모르겠다 법 이전에

도대체 어떤 법이 있었는지
법왕같이 의젓한 법관이 검은 법복을 걸치고
지옥의 법왕청에서도
의젓하게 법관 노릇을 할 수 있을지
나는 모르겠다
왜 이렇게 삶이 좀스러운지 모르겠다

하지만 내가 밟은 이 산맥
긴 시간과 자연의 힘으로 태백산맥은 솟아오른다
바닷물을 가르면서
솟아올랐다간 다시 잠기고
바다에 잠겼다간 다시 또 웅장하게 솟아오른다
여기 또한 법이 없는 땅이 아니다

벌목

아름드리 나무가 넘어진다
긴 톱과 날이 선 도끼를 손에 쥔
건장한 벌목꾼들
그들은 나무 밑둥을 찍고 있다
베고 있다 목을 벤
이차돈의 힘차고 진한 흰 피를
어떤 죽음이 생의 완성인가를
생각하는 동안 나무가 넘어진다 곧은 나무가
아름드리 무게만큼 숲속 깊이 쿵 소리를 울리면서
넘어진다 곧바로 넘어진다
莊子의 나라의 꾸불꾸불하고
밑둥이 텅 빈 거대한 가죽나무
그 병신 가죽나무는 베이지 않고
오래도록 神人처럼 거대하게 자랐다 한다
장자가 잘 읽히는 시대일수록
나쁜 시대라는 생각이 든다
곧은 나무가 넘어진다 톱의 힘이다
도끼의 힘이다
밑둥의 싱싱하게 젖은 톱밥을 흘리면서

흰 뿔 모양의 나무조각들이
도낏날에 찍혀 튀어나오며 나무가 넘어진다
벌목이 끝난 뒤에 어둠 속으로
노을을 지고
가라앉는 헐벗은 산의 긴 침묵을
침묵하며 생각하는 동안
연거푸 곧은 나무들이 쿵쿵 넘어진다 넘어진다

왕의 항아리

그믐이다 장독대의 항아리들이
장독대에 모여 있는 유령들의 한가족 같다
절대로 비밀을 누설하지 말자고
서로 터진 입을 꿰매고
맹세한 유령들의 한통속 같다
그믐이다 나는
밑 빠진 검은 허공을
왕의 항아리라 불러도 되겠다
밑 빠진 왕의 항아리는 밑 빠진 채 얼마나 널찍한지
모든 게 왕의 항아리의 아가리 속으로 들어간다
거적송장도
횃불도
나의 얼굴,
나의 악몽, 나의 흉가, 곰쥐도 피에 젖은 머리칼도
재벌의
도둑게의
문어의
똥주머니도 뻘흙도 광산촌도 항구도 모두 다
구멍에서 물 나오는 거적송장과 함께

왕의 항아리의 아가리 속으로 들어간다
침묵하면서 들어간다
그믐이다
허공은 아직 나를 통째로
집어삼키지 않았다
항아리에 머리를 거꾸로 박고 울부짖는 인간을
항아리가 선뜻 잡아먹지 않는 것처럼

깊은 밤

내가 비명을 질렀는지 모르겠다
눈을 뜨면 방안은 어둠
들여다볼 수 없고 붙잡을 데 없는 텅 빈 칠흑의 어둠
나는 텅 빈 공간을 떠내려가는 지구인이다
대한국민이다
내가 비명을 질렀는지 모르겠다
결실이 아니라
악몽을 정리하는 밤
바람 소리가 들린다
새끼줄에 엮인 무잎들이 부스럭거린다
당신 사람이요 깻망아지요
배를 깔고 엎드린 나에게 흐린 목소리가 묻는다
몇 시나 되었을까
베개 속의 왕겨들이 부스럭거린다
칠흑의 어둠 구석 야광시계의 둥근 유리알 속에서
푸른 열두 개의 숫자들이
일그러진 애벌레들 모양 귀기 서린 빛을 뿜는다
당신 사람이요 넙치요
나는 지옥이 어딘지 모르겠다 새끼줄에 엮여

북어처럼 힘 못 쓰는 인간들이
북어 대가리처럼 입을 찢어질 듯이 크게 벌리고
비명을 질러도 소리가 새어 나오지 않는 인간들이
어떤 텅 비고 커다란 아가리 속으로 떨어지는지
쇠망치에 얻어맞은 못대가리처럼
찌든 내 큰 골로는 모르겠다
새끼줄에 엮인 무잎들이 부스럭거린다
베개 속의 왕겨들이 부스럭거린다
왜 이렇게 밤은
영영 날이 새지 않을 것처럼
길게 계속되는 것일까

겨울 산

문을 열자
바다코끼리의 긴 이빨처럼
고드름들이 눈에 들어왔다
눈 쌓인 아침 숲속에서
고요의 해일이
귓속으로 차갑게 밀려 들어왔다
꽝꽝하다 이 겨울
묵은 눈 덮인 산들은 빙산만큼씩한 흰 봉우리들을
치켜들고 우뚝 솟아오르고

두껍게 얼어붙은 얼음장을 깨고 항아리에
마을 아낙네들이 물을 긷는다
꽝꽝하다 이 겨울
산들은 문을 닫고
다람쥐는 얼음 깊이 잠들어 있다

무너지듯 산비탈을 미끄러지며
녹아 내리는 눈더미와 덩치 큰 얼음장들이
화강암덩어리의 이 산 저 산을 치받을 때

골짜기 가득 쩌렁쩌렁한 산의 울음소리
울려퍼질 그 봄날까지

관찰과 시

—— 최승호 씨의 시에 부쳐

김우창

1

사회적 관심은 우리 전통에서 늘 문학적 표현의 중요한 동기 중의 하나였지만, 1960년대에서 1970년대에 갑작스럽게 가속된 사회의 자본주의적 발전은 사회에 내재하는 모순과 긴장을 어느 때보다도 첨예화하였고, 우리의 시인과 작가 또 비평가들은 이러한 모순과 긴장을 그들의 저작에 적절하게 수용하고자 노력하였다. 그러한 결과 우리는 어느때보다도 사회 문제에 대한 관심을 문학적 노력의 동력으로 삼고자 하는 문학의 산출을 보게 되었다. 이렇게 나온 문학 작품들은 당대의 정치적 투쟁에 있어서나 또는 지속적인 문학 유산을 만들어낸다는 관점에서 그 나름으로 중요한 기여를 하였다. 그렇기는 하나 말할 것도 없이, 사회 의식을 가지고 쓰여진 모든 작품이 단지 그러한 사실만으로 당대의 관점에서, 또는 조금 더 긴 시간의 관점에서 우리 시대와 인간에 대한 진정한 문학적 증언이 되는 것은 아니다. 흔히들 피상적으로나마 인정되는 것은 사회 의식의 작품도 문학 작품인만큼 어떤 문학적 기준에 의하여 재어져야 한다는 당위이다. 그러나 이것은 단순히 〈사회 의식〉 보태기 〈문학적 완성〉이라는 두 가지의 기준, 두 가지의 요구 조건에 언급하는 일이 아니다. 이상적인 상태에서 이 두 가지 조건 또는 요구는 하나이며, 어느 한 쪽이 없이는 다른 한 쪽도 온전할 수 없는 것이다. 이상적인 상태에서 그렇다는 것은 현실에 있어서 반드시 그럴 수 없다는 뜻이지만, 이상적 관점을 마음속에 지니는 것은 중요한 일이다. 문학이 사회 발전에 기여하고 사람의 삶의 보람이 될 수 있다면, 그 기여의 특정한 모습은 이러한 이상적 관점을 통하여서 비로소 분명한 구도 속에 파악될 수 있기 때문이다.

그것이 어떤 종류의 문학이든 문학이 문학적 기준으로 재어질 수 있어야 한다는 것은, 쉬운 차원에서는 기술적인 문제로서 고려될 수 있다. 문학이 어떤 종류의 영향이든 영향을 가지려면 우선 작품이 그리는 현실이 실감나게 형상화되어야 한다는 조건이 있다. 사실 실감나는 형상화에 대한 요구는 사회 의식의 철저화를 말하는 비평에 의하여서도 자주 논급된 바 있다.

실감은 무엇이며 어떻게 얻어질 수 있는가? 손쉽게는 그것은 어떤 일을 겪는 사람의 생생한 체험을 재생하려고 노력하는 데에서 생겨난다고 여겨진다. 또 이것은, 단적으로 작가가 그리고 있는 대상과 작가와의 일치, 특히 심정상의 일치로 인하여 가능해진다고 여겨지는 것이다. 그러므로 달리 말한다면, 사회 의식을 중요시하는 작품의 경우, 실감의 결여는 흔히 억압적 체제에 의해 희생되는 민중과의 보다 긴밀한 심정적 일치에 의하여서만 극복될 수 있는 것으로 생각되는 것이다.

그러나 형상화의 관점에서 볼 때 심정적 일치의 기능은 이와 같이 긍정적인 것이라고만 보기는 어렵다. 형상화는 알아볼 수 있는 모양을 만든다는 것이고 이것은 객관화 작용을 전제로 한다. 그리고 주체적 일치는 이 객관화 작용에 역행하는 것이다. 우리가 아픈 사람과 심정적으로 일치한다고 할 때, 아픈 사람의 아픔이 크면 클수록, 또 그 사람의 커가는 아픔에 일치하면 할수록 언어로써 말할 수 있는 것은 신음과 외침에 한정될 것이고, 그런 경우 아픔의 내용 특히 그 객관적 정황에 대해서 전달하거나 검토하는 것은 불가능하게 될 것이다. 아픔의 내용과 정황을 말로 표현한다는 것 —— 그것을 전달하고 진단하며 또는 형상화한다는 것은 아픔으로부터 거리감을 유지한다는 것을 뜻한다. 물론 아픈 사람과의 일치를 전제로 하지 않고는 그것의 객관화는 있을 수 없고, 있다고 하더라도 문학에서 기대하는 바의 직접적인 전달 또는 형상적 직관을 유발하는 것일 수는 없다. 그러나 예술가가 이러한 일치 상태에 머무는 한, 그는 인식이나 형상화에 나아갈 수 없다. 예술은 대상과 일치하며 동시에 이것으로부터 멀리 있는 역설을 그 조건으로 한다. 예술가가 반드시 관찰자, 제3자여야 한다는 말은 아니다. 대상과 그 대상을 예술적으로 인식하는 자가 같은 사람일 경우도 우리는 생각할 수 있다. 어쩌면 이것이 가장 이상적 상태인지도 모른다. 그러나 이 경우에도 그가 단순한 수난자로 수난의 와중에 있는 한, 그는 예술적 표현을 얻어낼 수 없다. 여기서 문제가 되는 것이 민중이라면, 민중은 예술가가 아니다. 민중적 예술가는 민중이면서 민중을 객관화할 수 있는 자, 그런 의미에서 민중을 넘어선 사람이다(이것은 민중과 예술가를 갈라놓는 이야기가 아니다. 민중이 스스로의 상태를 깨닫고 스스로의 힘을 안다는 것도 바로 이러한 과정을 통과한다는 것을 말한다). 다시 비유적으로 생각해 보자. 아픈 사람을 두고 우리가 취할 수 있는 태도는 두 가지가 있다(우리 자신이 아픈 사람일 때도 대개 비슷한 것으로 생각해 볼 수 있다). 하나는 아픈 사람과 더불어 아파하고 괴로워하는 일이다. 이것은 본인 자신, 그의 가족, 친지들이 취할 수 있는 태도이다. 다른 하나의 태도는 의사의 태도이다. 의사는 환자의 아픔에 대해서 주관적·심정적 일체감을 가질 수도 있고 안 가질 수도 있지만, 그가 그의 전문적 지식이 요구하는 원리에 충실하는 한, 그는 다른 의미에서 환자의 상황에 그의 주의력을 집중 또는 일치시켜야 한다. 그 결과 그는 환자의 아픔의 객관적 조건에 대한 일정한 진단을 제시할 수 있게 된다(이러한 주관적 일치, 객관적 일치 이외에 우리는 제3의 태도, 무관심의 또는 적대적인 태도를 상정할 수 있다. 그러나 여기서는 환자와의 일치를 문제삼고 있기 때문에, 이 제3의 태도는 논외로 하여도 좋을 것이다). 작가 또는 민중적 작가의 입장은 한편으로 환자와 환자의 가족, 그리고 다른 한편으로 의사, 이 두 편의 가운데에 위치한다고 할 수 있다. 그는 아픈 사람과 더불어 느낀다. 그러면서 동시에 이 아픔의 객관적 정황을 파악한다. 그러나 그의 파악은 의사의 그것과는 다르다. 그것은 아픈 당자의 느낌과 사정을 포함하면서 이것을 객관적 관조 또는 연관 속에 포용한다. 그리하여 그가 파악한 아픔의 상태는 환자의 심정의 불투명을 벗어나 있으면서, 의사의 객관성의, 어떤 경우의 사무적 냉랭함을 극복한다. 그러는 한편, 물론 아픔 한복판의 절실함도, 의사의 냉정이 가능케 하는바, 치

료로 이어지는 과학적 명증성도 그것은 갖지 못한다. 그러나 그것은 최대한도로 생생한 아픔의 인간적 맥락, 주관적으로 경험되고 객관적으로 규정되며 보다 넓은 삶의 긍정적 충동 속에서 보아지는, 아픔의 구체적 모습을 우리에게 보여줄 수 있다.

이러한 비유를 통하여 생각할 수 있는 것처럼 예술적 형상화는 주관적 일치와 객관적 거리라는 서로 상반된 듯한 요구를 조화함으로써 가능해진다. 그러나 이것은 최종적으로는 알아볼 만한 형상을 만들어내는 데에 귀착하는 한(비록 주관적 또는 주체적인 느낌에서 출발하고 그것에 의하여 계속 뒷받침된다는 점을 잊지 말아야겠지만), 객관화의 과정으로 다시 요약될 수 있다. 그런데 이러한 관찰은 단순히 기교적인 문제에 대한 관찰이 아니다. 이렇게 말하는 것은 시나 소설이 인식에 관계된다고 말하는 것이다. 다만 이 인식은 추상화되고 형식화된 개념보다는 느낌과 생각이 종합된, 더 정확히 말하여 인간의 삶에 작용하는 전체적인 능력이 개입되어 이루어지는 하나의 총체적인 직관의 형태를 취한다. 그렇다면 우리는 왜 이런 인식을 필요로 하는 것인가? 우리는 일단 여기에 대한 하나의 단순한 답변으로, 사람은 본래적으로 인식에 대한 요구를 가지고 있고 문학은 인간과 세계에 대하여 알아볼 만한 영상을 제공해 주는 일을 한다고 말할 수 있다. 그러나 여기에 대하여 좀더 실천적인 답변, 즉 우리가 처해 있는 상황에 대하여 어떤 긴급한 문제 의식을 가지고 생각하는 입장에서 답변을 시도한다면, 결국 형상화에 대한 요구는 진리의 실천적 호소력을 믿는 일에 관계되어 있다고 말할 수 있을 것이다. 즉 우리는 사람이 객관적 진리 또는 어떤 인간적 상황에 관한 진실에 의하여——그 진리 또는 진실이 우리에게 그럴싸한 형태로 제시된다면, 직접적으로가 아니라면 적어도 장기적으로 ——실천적 행동에로 나아가도록 움직여질 수 있다고 믿고 있는 것이다. 그리하여 인간이 안으로 느끼고 밖으로 작용하는 모습을 가장 신빙성 있게 이야기하려는 문학이 우리의 실천적 기획 가운데 의미 있는 자리를 차지할 수 있다고 생각하는 것이다.

물론 물을 수 있다. 사람이 진실에 의하여 움직여질 수 있는가? 여기서 진실이라 함은 어떤 특정한 진실, 즉 직접적인 이해 관계에 의하여 나에게 결부되어 있는 진실이 아니라 인간 일반의 보편적인 진실을 의미하는 것이겠는데, 문학은 우리의 현실이 어떤 것이든지 간에 사람 모두가 인간 존재의 진리에 직관적으로나, 또는 반성과 교육을 통하여 참여할 수 있다고 믿고자 한다. 이것은 문학이, 직접적 명령이나 교훈을 통한 전달이든, 어떤 객관화된 심상의 제시를 통한 전달이든, 그것도 물리적 강제력이 없는 마당에서의, 전달의 가능성을 포기하지 않은 데에서 드러난다. 물론 사람의 참다운 모습 또는 그것에 비친 바 비뚤어진 모습이 일거에 제시될 수 있고, 또는 그것이 제시된다고 하더라도 그것이 그대로 설득력을 가지고 실천적 활력으로 전환될 수 있다고 우리가 순진하게 믿고 있다는 말은 아니다. 다만 근본 바탕에 그러한 순진한 믿음을 갖지 않고는 문학이 성립하기 어렵다는 것이다.

물론 그렇다고 하여 심정적 일치, 객관적 진리, 보편적 인간성을 통한 매개 없이 일거에 이루어지는 심정적 일치가 문학에 중요치 않다는 말은 아니다. 이것은 우리가 진리 또는 진실을 문학의 핵심적인 부분으로 생각하는 경우에도 그렇다. 이미 위에서 생각해 본 의사의 비유에서도 이것은 추출해 낼 수 있다. 즉, 의사의 의학적 진료의 밑바닥에 환자의 고통에 대한 깊은 일체감이 —— 비록 그것이 환자 자신이나 그 가족 친지와는 다른 성질의 것일망정, 이러한 일체감이 없이는 다른 모든 의학적 기술이 별 의미를 가질 수 없다고 할 수 있다. 어떻게 보면 감정적 일치가 진실을 알아보는 전제가 된다고 말해도 좋다. 이것은 오늘날처럼 신분, 계층, 계급, 권력 등으로 포개지고 갈등을 일으키고 있는 사회에서 특히 그러기 쉽다. 세상의 합리성이 손상되어 있을수록, 믿음 또는 무전제의 일체감이 진리에의 길이 되는 것을 우리는 보거니와 이러한 믿음의 변증법이 오늘의 사회에도 해당된다고 할 것이다. 그러나 문학은 어떤 판국에 있어서나 믿음과 진리를 동시에 구현하려는 언어의 형식이다. 문학적 체험에서 우리가 깨닫게 되는 기본적인 사실의 하나는 문학적 인식의 조건이 〈같이 느끼는 일〉이라는 것이다. 문학은 같이 느끼게 하면서 우리로 하여금 새로운 인간의 가능성을 깨우치게 한다.

형상화된 진실보다도 심정적 일치감이 강조되는 것은 우리의 사태의 긴급성에 대한 파악에 관련되어 있다. 개념적 진리든지 형상화된 진실이든지, 이것은 이미 비추었듯이 일어나고 있는 일로부터 어느 정도의 거리를 유지함으로써 가능해지는 정신적 결정(結晶)이다. 이것은 사태 자체가 우리에게 일정한 거리를 유지하는 것을 허용해 줄 수 있어야 한다는 것을 말한다. 위기의 상황에서, 그것이 현명한 일이든 아니든 유일한 행동 방식은 위기에 일치하고 거기에 뛰어드는 일이다. 우리 시대의 사회 의식의 문학이 반드시 행동적인 것은 아니지만, 적어도 심정적으로 피억압 상태의 인간에게 직시적인 일치를 요구하는 것은 우리의 상황이 긴급함을 증표하는 것이라 할 수 있다.

이러한 심정적 일치의 강조는, 방금 말한 대로 그 나름으로의 정당성을 가지면서 동시에 여러 가지 폐단을 가지고 있음도 간과될 수 없다. 그것은, 특히 현실 속에서의 움직임, 정치적 이성에 의하여 맥락지어지는 움직임에 이어지지 아니할 때, 위선과 영웅주의와 단순한 패거리 의식의 거름이 될 수 있다. 그래도 좋은 의미에서 심정적 일치의 강조는 한편으로 가장 큰 고통을 당하는 사람에게 사회 역학에 있어서의 우선권을 부여하고(이것은 정당한 근거가 있는 일이다), 또 그러한 사람들을 중심으로 한 유대감을 강화하는 역할을 할 수 있다. 그러나 다른 한편으로 그것은 누가 더 고통에 가까우냐 또는 더 가까이 있다고 주장할 수 있느냐 하는 불건전한 경쟁을 불러일으키고, 이 경쟁에서 우리의 자유로운 판단은 그 평형을 상실하게 된다. 그리하여 우리 본래의 뜻은 상당한 왜곡을 겪지 않으면 안 된다. 본래의 뜻이란 보다 나은 삶을 향한 의지이다. 고통의 유대감이 중요한 것은 그것이 우리에게 부여하는 사회 역학상의 또는 도덕적 우위 때문이 아니다. 그것은 우리가 모든 사람이 보다 나은 삶을 가져야 한다고 믿기 때문이며, 이 믿음의 실현을 위하여 필요한 단계로 보기 때문이다. 보다 나은 삶에 대한 믿음은 인간 존재의 어떤 근원적 진리에 대한 참여로부터 나온다. 그것은 고통의 체험에서도 나오는 것이지만, 고통 그 자체에 대한 깨우침이라기보다는 그것을 넘어서는 어떤 가능성에 대한 깨우침이다.

이렇게 말하는 것은, 다시 한번 문학이 단순히 고통에 대한 심정적 일치가 아니라 진리의 인식에 관계되어 있음을 말하는 것이다. 진리에 의하여 매개됨으로써, 문학은 고통의 모습을 있는 대로 그리고 그것과 삶 전체와의 관계를 저울질하고, 또 보다 나은 삶에 대한 현실적 조건을 생각하며, 또 무엇보다 나와 남의 균형 있는 삶——어느 하나가 다른 하나에 의하여 구속되지 않는 삶을 투영해 볼 수 있다.

문학에 있어서의 형상화는 이러한 커다란 문제들에 관계되어 있다.

2

위에서 형상화는 객관화 작용을 그 한 계기로 한다고 하였다. 이 객관화는 또 어떠한 조건하에서 가능해지는가? 이것도 이미 위에서 비친 바 있다. 작가는 우선 경험 자체에 의해서, 그것이 자신의 것이든 다른 사람의 것이든, 경험 자체에 의해서 어떤 충격을 받는다. 이것은, 어떤 종류의 밀도 높은 경험의 경우 그 내부에의 깊은 침잠 또는 일치를 의미할 수 있다. 객관화는 이러한 침잠이나 일치가 공간적 거리를 얻으면서, 달리 말하여 관심의 지평, 열렬하고 집요한 관심의 지평으로 확대되면서 시작된다. 이 지평은 주체적 체험의 충격을 간직하면서 체험을 앞뒤의 상관 관계 속에서, 또는 더 넓게는 삶의 전체적인 흐름 속에서 관조할 수 있게 한다. 이러한 관조는 주체의 자신에로의 재귀를 그 바탕으로 하면서 사물과 사물의 맥락에 대한 객관적인 관찰을 포함한다. 어떤 경우에 관찰의 결과는 완전히 본래의 바탕을 이탈하여 생경한 사실로 바뀌어버리는 수도 있다. 문학에 있어서의 사실적 관찰은 끊임없이 본래의 관심의 지평, 또 그것의 전체적인 맥락으로 재귀되어야 하는 것일 것이다.

방금 말한 것은 오늘에 쓰여지는 시들의 어떤 양상들을 보고 그 현상학적 구성을 내 나름대로 생각해 본 것이다. 그런데 이것이 옳은 것이든 아니든 오늘의 새로운 시에서, 특히 사회 의식의 요구를 흡수하면서 새로운 출발을 시도하는 시에서 객관성이 높아가고 사실적 관찰의 기율이 두드러져 가는 것을 우리는 볼 수 있다. 이것은, 위에서 길게 살펴본 이유들로 해서 환영할 만한 일이다. 그러면서 우리는 다른 한편으로 1980년 이전까지만 해도 시대의 분위기 속에서 느껴졌던 어떤 팽팽한 의지, 사회를 의식하는 시인에게 일정한 행동적 일치 아니면 적어도 심정적 일치를 요구했던, 팽팽한 민중적 의지의 쇠퇴를 감지한다. 이것은 새로운 어떤 시인들에게서 보이는 사실적·객관적 태도와 어떤 관련을 가지고 있는지도 모를 일이다. 그러니까 사실적·객관적 태도에서 우리가 반드시 얻는 바만이 있다고 보는 것은 잘못일는지 모른다. 그러나 문학의 관점으로 볼 때(또 이것은 위에서 누누이 말한 바와 같이 넓은 의미에서의 문학의 사회적 기능에 관한 한 이념에 연결되어 있다) 이것은 바람직한 일로 보아서 마땅한 것이 아닌가 한다. 다만 문학적으로도, 위에 비친 바와 같이, 사실적 관찰은 본래의 체험의 주관적 충격과 그것의 사실적 세계에로의 열림을 매개하는 관심의 지평에서 벗어나서 생경하기만 한 기록으로 떨어질 우려가 있다. 그렇다는 것은 결국 시적인 의미는 처음의 주체적 충격에서 나오는 것으로 생각되기 때문이다(이것은 다른 면에서 볼 때 심정적 일치의 깊이에 관계되어 있다).

새로운 객관주의의 시인들을 말하면서, 내가 생각하는

시인은 김명수, 김광규 같은 시인인데, 여기에 새롭게 최승호 씨를 추가할 수 있다(이들이 모두 《세계의 문학》의 〈오늘의 작가상〉을 수상한 것은 반드시 어떤 계획이나 의도가 작용한 때문은 아니다). 최승호 씨의 시를 특징짓고 있는 것은 뛰어난 사실적 관찰이다. 이것은 어떤 사람들의 관점에서는 비시적(非詩的)으로 보일 정도로 사실적일는지 모른다. 그러나 위에서 서론적으로 이야기한 이유들로 해서, 이 사실성은 시의 전부는 아니면서 우리에게는 시적인 명증성의 확보를 위한 기술적인 요건이 되는 것이라고 아니할 수 없는 것이다. 그리고 이것은, 자세히 들여다보면 보다 큰 시적인 정열(결국 이것은 삶의 정열이다)에 이어져 있다.

일단 최승호 씨의 관찰의 대상이 되는 것은 극도로 막혀 있는 삶의 상황이다. 물론 이것은 이미 많은 시인들에 의하여 이야기된 바가 있는 것이다. 그런데 최승호 씨의 시에 특이한 견고성을 주는 것은, 겨울이나 봄, 풀잎이라든가 벼 포기라는 유기적 비유를 상징의 자료로 쓰는 다른 참여파 시인들에 비하여, 그의 관찰의 언어가 완전히 상징성을 벗어나지는 않으면서도 사실적이라는 것이다. 이것이 그의 시에서 어떤 종류의 서정성을 감하게 하는 것이면서, 또 상투화된 서정의 단조로움을 피하여 상황의 복합적인 양상에 그 나름으로의 표현을 줄 수 있게 하는 것이다.

최승호 씨는 그의 삶의 상황을 〈상표가 화려한 통조림, 국물에 잠겨 있는 통 속의 송장덩어리〉(「통조림」)의 이미지를 통하여 이야기한다. 또는 그는 〈케케묵은 먼지 속에/죽어서 하루 더 손때 묻고/터무니없이 하루 더 기다리는/북어들〉(「북어」)에서 오늘날의 서민 생활의 상징을 발견한다. 시인은 북어의 〈죽음이 꿰뚫은 대가리〉, 〈자갈처럼 죄다 딱딱〉

한 혀, 〈말라붙고 짜부라진 눈〉 같은 것에 주목한다. 「쥐
치」에서는

　　쥐포는 딱딱하고
　　방부제를 잔뜩 발라놓았고
　　콧구멍도 없다
　　주둥이도 없고 혀도 없고
　　귀도 없다 눈도 없다 지느러미조차 없다

라고 모든 오관이 절단된 쥐치에서 사람의 상황을 본다. 또
최승호 씨에게 오늘의 삶의 기호는 석탄가루, 좁은 방, 독
거미 등이다. 이와 같은 것으로 구성되는 삶 —— 그러면서
도 가차없이 지속되어야 하는 삶은 「시궁쥐」에 집약적으로
표현되어 있다.

　　먹을 거라면 환장하는 새끼들에게
　　좀 쩝쩝댈 거라도 물어다 주자는 거겠지
　　아니면 배춧잎이라도 장만해서
　　군색한 살림을 그럭저럭 꾸려 나가자는 거겠지

　　부지런한 맞벌이 부부
　　시궁쥐 한 쌍이 뭐 물어갈 게 있다고
　　가난한 백성들의 쓰레기통에
　　뭐 물어갈 게 있다고
　　눈치를 보아가며 부지런하게 들락거린다

　　쥐들도 제 새끼에게 젖을 물리나

콧수염을 기르고 털가죽 외투를 입고
피에 젖은 성생활까지 뻔질나게 하면서 사나
평생을 그런 짓거리나 되풀이하다가 죽나

좀 쩝쩝거릴 것만 떨어지지 않으면 되겠지
아무리 더러운 똥오줌 진창바닥이라도
제대로 숨도 못 쉬는 쥐구멍 속에서도 모가지만
모가지만 붙어 있으면 되겠지 시궁쥐들은
배가 고프면 서로 잡아먹어도 되겠지

「시궁쥐」는 활달한 가능성은 잃어버렸으면서도 최소한의
생존을 유지해야 하는 삶의 모습에 대한 자조적인 관찰이지
만, 더 흔히는 최승호 씨의 오늘의 상황에 대한 진단은, 위
에서 들어본 몇 가지 예에서도 알 수 있듯이, 그것이 자연
스럽고 유기적인 삶을 상실하였다는 것이다. 「나는 숨을 쉰
다」에서 그는, 제목으로 이미 최소한도로 줄어든 삶을 가리
키면서 자연스러운 삶의 축소와 인위적인 환경의 확대를 다
음과 같이 이야기한다.

신기해라 나는 멋지도 않고 숨을 쉰다
내가 곤히 잠잘 때에도
배를 들썩이며
숨은, 쉬지 않고 숨을 쉰다
숨구멍이 많은 잎사귀들과 늙은 지구덩어리와
움직이는 은하수의 모든 별들과 함께

숨은, 쉬지 않고 숨을 쉰다 대낮이면

황소와 태양과
날아오르는 날개들과 물방울과 장수하늘소와 함께
뭉게구름과 낮달과 함께
나는 숨을 쉰다 인간의 숨소리가
작아지는 날들 속에
자라나는 쇠의 소리
관청의 스피커 소리가 점점 커지는 날들 속에

  자연스러운 삶, 유기적인 것의 상실은 위에서 보듯이 비유기적인 것의 증대에 따르는 한 결과이다. 그리하여, 오늘의 삶을 총체적으로 포괄하는 이미지로서 최승호 씨의 시에서 기계의 이미지가 자주 발견되는 것은 자연스럽다. 「바퀴」에서 개체적인 삶은 무거운 짐을 지고 굴러가는 바퀴에 비유된다. 「만화시계」에서는 우리 사회를 거대한 톱니들이 맞물려 돌아가는 시계와 같은 것으로 파악한다. 「기계」는 〈노예처럼 봉사하다 죽는〉 기계를 말한 것이지만, 동시에 기계화된 인간을 가리키는 것임은 새삼스럽게 말할 필요도 없다.
  물론 사람이 거대한 조직의 기계 속에서 꼼짝할 수 없게 되고, 또 그 스스로 기계처럼 된다는 것은 그렇게 새삼스러운 말이 아닐 수 있다. 그럼에도 불구하고 최승호 씨의 말이 새로운 느낌을 주는 것은 그의 관찰의 즉물성이다. 즉 그의 관찰에서 사물들은 단순히 사람의 상태에 대한 상징물로 바뀌기를 거부하고 그 사물성을 완전히 잃어버리지 않는다. 「바퀴」에서 묘사되는 바퀴 ──

  끌려다니는 바퀴들은 어디서 쓰러지는지
  코끼리가

상아의 동굴에서 쓰러지듯
고철의 무덤에서 쓰러지는지
삭은 뼈들
녹슨 대포알
녹슨 철모
덜컥거리며 굴러 떨어지는 텅 빈
두개골

이러한 묘사에서 우리는 어린아이들에게서 보이는 사물
과의 일치감, 또 사물에 대한 의문감이 유지되어 있음을 본
다. 이러한 일치감과 의문감은 자연스럽게 기계의 부속품과
〈덜컥거리며 굴러 떨어지는 텅 빈/두개골〉은 단순한 비유로
서가 아니라, 거의 감각적 일체성 속에서 하나로 볼 수 있
게 한다. 그런 다음 기계의 바퀴는 〈육중한 하중을 짊어진
바퀴들〉, 〈끌면 별수없이 몽고로/끌려가는 貢女〉, 〈끌려가
는 예수〉, 〈채찍 맞는 조랑말〉, 〈계엄령 속의 폴란드 광산
노동자들〉을 연상케 한다.

춥고 찌든 몽고족의 얼굴로
……가 웅크린 채 앉아 있는 노란 의자
복권을 구겨버리고
……이 앉아 기다리는 노란 의자

——이러한, 흔한 것을 장식과 흥분 없는 말로 이야기하
는 묘사는 산문적 묘사이면서 하나의 즉물성 영상의 느낌을
준다. 또는 「열차번호 244」에서의 열차 내의 묘사——

텁텁한 기차 안의 공기,
짐보따리와 가방들은
선반 위에 너절하게 널려 있고
둥글고 큰 주황색 흐린 등불이
삶은 달걀 껍질과 오징어포 포장지
담뱃재가 담긴 빈 맥주깡통을 비춘다.

이와 같은 부분도 산문적이면서 회화의 한 장면과 같은 영상감을 준다.

말할 것도 없이 즉물성 묘사는 사실의 충실한 묘사만으로 가능해지는 것이 아니다(중립적 사실의 묘사라는 것이 가능한 것이라면). 그것은 상상력의 변용과 통일성——정신의 힘 속에 포착되는 사물의 모양을 지칭하는 것이다. 우리는 위에서 바퀴와 두개골의 동시적 포착을 보았다. 이것은 추상적 유추이면서 동시에 감각적(모양이나 메마른 느낌이나 기능적 작용에 있어서) 인지인 것이다. 지하철의 의자는 사람이 부재하는 사물로서, 또 되풀이 속에서 단조로움을 드러내는 것으로 파악됨으로써 영상성을 얻는다. 사실적 보고에 그치는 듯한 열차 내의 풍경에도 상상력의 통일된 눈이 있다. 이 시의 말미에서 시인은 〈서산대사 입적(1604)과 〈마네 출생(1932)〉이라는 신문의 〈오늘의 소사(小史)〉에 주목하고 있지만, 열차 내의 풍경은 곤비한 일상성 속에서의 정신적 사건, 또 그 안에서의 회화적 구성 가능성을 암시하고 있다고 볼 수도 있다.

즉물적 관찰과 상상력의 결합, 또 그것을 통한 새로운 지각과 깨달음에 이르는 과정——이런 것은「주전자」의 묘사 같은 데에서 가장 잘 드러난다. 여기서 그 주둥이로 김을

내뿜고 있는 주전자는 막혀 있는 삶에 대한 비유가 되어 있
지만, 이 비유는 사실적 정황의 투시에서 나온다.

진눈깨비가 내린다
누비옷으로 몸을 감싼 여인들이
누비옷 속에 아기를 업고 창 밖을 지나간다
증기를 뿜는 주전자
아가리를 뚜껑으로 덮으니
답답해
콧구멍이 뚫렸어도 답답해
증기를 뿜는 주전자가 뚜껑을 들먹거린다
형이상학의 뚜껑 밑에
댓진 냄새 풍기는 파이프
연기를 코로 내뿜는 형이상학자들
그리고 물위로 콧구멍만 내놓는 소심한 하마들이여
콧구멍만 뚫렸으면 뭘 해
......

이러한 묘사에서 주전자는 있을 수 있는 겨울 풍경의 자
연스러운 정물로서 등장한다. 그러면서도 풍경과 정물 사이
에는 처음부터 미묘한 대응이 있다. 추운 날씨 때문에 두꺼
운 옷에 몸을 감춘 사람들, 속에 품은 열기를 뚜껑으로 막
고 있는 주전자 —— 여기에는 강조되지 않은, 그리하여 오
히려 효과적인 상사 관계의 포착이 있다. 그 다음 주전자의
이미지는 우리 주의의 중심으로 들어오지만, 여기에서 주목
할 것은 주전자의 비유적 의미가 강조되면서도 그 의미의
강조가 영상으로서의 주전자를 동시에 부각시켜 준다는 점

이다. 즉,

아가리를 뚜껑으로 덮으니
답답해
콧구멍이 뚫렸어도 답답해
증기를 뿜는 주전자가 뚜껑을 들먹거린다

──이 구절은 사물에 대한 공감적 파악과 그 상징적 의
미를 동시에 수행한다. 이러한 사물성과 의미의 상호 작용
은 그 다음의 몇 가지 변용──주전자에서 실천이 막혀 있
는 형이상학자들, 또 물속에 피해 있으면서도 코를 내놓고
숨을 쉬고 있는 하마, 또 약간 바뀌어 코뿔소에로 이어지는
연상에서도 두드러진다. 더 나아가 우리는 파이프 피우는
형이상학자나 코만 내놓는 하마에로의 초현실적 이미지 비
약이, 초현실적인 비약이면서도 더욱 주전자의 사물로서의
영상성을 높여주는 것을 안다. 그리하여 사실 모든 참으로
사실적인 지각이 그렇듯이 그 사실성에도 불구하고 이러한 주
전자에 대한 지각은 우리에게 해학의 해방을 주기까지 한다.
최승호 씨의 시에서 이러한 특징──사실성과 의미와 지
적 해방감의 기묘한 결합을 두루 발견할 수 있다고 말하지
는 못할 것이나, 그의 시적 재능의 한 면이 이러한 것에 있
음은 틀림이 없을 것이다. 그런데, 다시 말하여, 이러한 특
징의 근간은 사실에 대한 충실한 관찰에 있다. 이 관찰이
때로 지나치게 산문적인 느낌을 주는 것은 유감스러운 일이
다. 그러나 위에서 말한 바와 같이 참다운 사실성은 상상력
의 날카로운 포착 작용이 없이는 불가능하다. 또 이것이 작
용하는 한 사실적 관찰은 사물의 복합성을 섬세하게 가려내

는 일을 해낸다. 최승호 씨의 시의 경우에도 얼핏 보아 느껴지는 평면성에도 불구하고 우리의 상황 일반에 대하여 상당히 다양한 식별을 하고 있음을 우리는 보게 된다.

위에서 말한 바와 같이, 최승호 씨에게 우리의 상황은 막혀 있고 위축된 것으로, 또 이것은 한마디로 말하여 커다란 기계 속에 얽혀 있는 것으로 요약된다. 그러나 이것은 비유적인 파악이다. 물론 최승호 씨의 시에는 우리 상황에 대한 보다 직접적인 이해도 표현되어 있다. 「상황 판단」에서 그는 우리 시대를

굵직한
의무의
간섭의
통제의
밧줄에 끌려다니는 무거운 발걸음.
기차가 언제 들이닥칠지 모르는
터널 속처럼 불안한 시대……

라고 말한다.

우리 시대는 창고지기, 파출부, 성냥팔이, 매춘, 택시운전, 편물 등등을 하며 연명하는 한 가족이

갈수록 풍랑이 거세지는 세파 속에
서로 멀리멀리 멀어지면서
저마다 통나무를 붙들고 버둥거

리는 시대이다(「부서진 뗏목」).

몇 편의 시에서는 시대를 부조화에 의하여 특징지어지는 시대로 파악한다. 「물 위에 물 아래」는, 〈관광객들이 잔잔한 호수를 건너갈 때〉, 〈호수를 둘러싼 호텔과 산들의 경관에/취하면서 유원지를 향해/관광객들이 잔잔한 호수를 건너갈 때〉, 호수 아래에는 〈버려진 태아와 애벌레〉와 고양이나 개의 시체가 〈신발짝, 깨진 플라스틱 통, 비닐 조각 따위〉와 —— 모든 독과 부패의 찌꺼기들이 잠겨 있다는 것을 지적한다. 「그늘」은

성가대가 찬송가를 부를 때
목사님이 설교를 하고 연보주머니가 돌아다닐 때
사랑을 배우며
신자들이 고개 숙여 기도를 할 때에도

다른 한편으로는 궂은일만 하다가 죽어서 버려지는 시체의 운명이 있음을 말한다.

이러한 시들이 보여주는 부조화와 대조는 단순히 정태적인 대조에 그치는 것이 아니다. 최승호 씨가 취하고 있는 것은 주로 심리적 억압의 관점이다. 그러나 「사북, 1980년 4월」은 사북의 폭동을 〈노동의 기쁨 모르는/어두운 손들〉의 반란으로 이해하면서, 이것을 다시 갈등의 분출로 파악한다. 「매운탕」은 우리 시대의 모순이 더 광범위하게 오늘날의 인간의 내적·외적 폭력의 소산임을 암시한다. 「매운탕」의 중심 부분은 관광지의 아름다움을 다음과 같이 말한다.

관광버스를 타고 신나게 도망쳐 와서
풍덩

강물에 몸을 던지는 피서객들
반짝이는 모래톱
태양에 말리는 흑갈색 머리
강 건너 골짜기
풍경의 아름다움에 숨통이 트이고
타조알만한 자갈들은
타조새끼가 알을 깨고 나올 만큼 뜨겁다

그러나 이러한 피서지의 아름다움은 폭력의 한 표현이다. 그것은 〈홍기를 품은 건달족에게 능욕당하며/버둥거리는 처녀〉를 대하는 태도로 잡아먹는 잉어, 〈뇌 속의 쓸개를/독한 소주로 헹구면서/얼큰한 매운탕을 한 그릇 먹어야겠다〉고 할 때의 매운탕의 아름다움이다.

최승호 씨는 시대의 증후를, 더 자주는 상황적인 분석보다는 그것이 자아내는 기분의 관찰로 제시한다. 「옥졸들」은 〈눈알이 열 개나 달린 옥졸/손에 피에 젖은 뿔방망이를 쥔 옥졸/그리고 열심히 조서를 꾸미는 옥졸들〉이 환기하는 불안감을 그린다. 「이상한 도시」는 보통사람은커녕 도둑까지도 얼씬거리지 않는 얼어붙은 밤을 말한다. 「짙어지는 밤」은 오늘의 불안을 전쟁의 불안이라고 하고 여기에서 유래하는 노이로제의 인간들을

항아리처럼 불쑥 다가왔다
항아리들처럼 어둠 속으로 사라지는 사람들.
붉은 빛 홍기에 지레 눌려
꼼짝 않고 가만히 벽에 달라붙어 있는 사람들.

이라 한다.

이런 상황 속에서 사람들은 위축될 수밖에 없다. 그리하여 광부들은 〈광물 같은 얼굴〉과 〈조금씩 굽어가는 등뼈〉를 하고 〈요일도 없이 돌아〉가는 케이블과 같은 힘든 노동과 되풀이의 날을 살고, 〈아카키 아카키예비치〉 같은 하급 관리는 보이지 않는 상사를 향해서까지 허리를 굽히는 버릇을 기르면서 산다. 사람들은 〈톱니들이 맞물려 돌아가〉는 〈판박이 삶〉(「생일」)을 살며,

>수레에 실려가는 목각인형들
>밤이 오고 긴장한
>고압선들이 서로 얽혀드는 밤을 향하여
>걸어가는 발걸음인 줄 알면서
>성대한 장의행렬처럼 붐비는 사람들 속

으로 가는 것이다(「발걸음」).

그러면 이렇게 온전한 삶을 살지 못하게 하는 것은 무엇인가? 여기에 대한 답은 위에서 비친 대로 억압적 상황이라고 할 수 있지만, 더 정확히 이 억압은 무엇에 대한 억압이고 어떻게 하여 가능한 것인가? 이미 위에서 지적한 대로 최승호 씨는 시대의 억압이 주로 자연스러운 삶의 충동에 대한 억압이라고 생각한다. 우리는 이미 「나는 숨을 쉰다」에서 사람의 목소리가 〈쇠의 소리〉 〈관청의 스피커 소리〉보다 작아진다는 그의 지적을 언급하였다. 또 「시궁쥐」의 시궁쥐는 활달하게 신장되지 못하는 삶의 상징이란 점도 보았다. 「갑피어(甲皮魚)」는 〈가짜 비늘로 뒤덮인 간판들〉에 대하여 〈건강한 야만인의 마을〉을 말한다. 「숫소」는 순치되지

아니한 황소가 빼빼 마른 백정 앞에 쓰러지는 것을 메마른 어조로 적고 있다.

숫소가 쿵 하고 드러눕는다.
빼빼 마른 백정 앞에서
덩치 큰 숫소가 드러눕는다.

「홈통」은 유기적인 삶의 쇠퇴에 대한 또 하나의 시적인 진술이다. 「주전자」에서 보인 것과 같은 즉물적이며 형이상학적인 상상력으로 최승호 씨는 물 내리는 홈통에서 죽어버린 용의 형체를 본다.

용은 정력제
산신이 분자들로 변한 만큼
인간도 벌거벗겨진 벌건 대낮에

죽은 이무기처럼 입을 벌리고
서 있는 홈통들을 나는 본다

이와 같이 최승호 씨는 홈통에서 용을 보고 용이(동음이어(同音異語)인 용(茸)의 형태로) 정력제가 되고 산신이 산삼의 구성 분자가 된 오늘을 생각하는 것이다.

그러나 오늘날이라고 생명의 표현이 완전히 사라진 것은 아니다. 다만 최승호 씨의 눈에 이러한 표현은 불리한 여건 하에서 어렵사리 이루어질 뿐이다. 그렇긴 하나 최승호 씨는 여러 편의 시에서 여기에 주의한다. 그의 시는 대체로 비시적이라고 해야 되겠지만, 이러한 생명의 표현에 주목하는 시나 구절에서 그는 드물게 서정적 아름다움에 가까이 간다. 「여우비」는 〈시간 속에 늙어온 남자〉의 감각을 깨우는 갑작스러운 소나기를 이야기한다. 「오늘」은 최승호 씨의 다른 시들과 마찬가지로 찌들고 피폐한, 특히 광부의 생활과 광산촌을 소재로 하면서, 그러한 생활의 오늘이 〈잿더미에 한 번 더/불을 지피는 마음으로 살아가는 오늘〉이라고 하지만, 다른 한편으로 석탄에서 〈……고대의/封印木의 향기〉가 남에 주의하고, 〈코밑이 까만 배달부의 발걸음에서/연자매 돌리는 황소의 걸음을 보고〉 탄광촌에도 까치들이 둥우리를 트는 것에 주목한다. 「깨꽃」은 광산촌의 피폐한 풍경 속에 핀 깨꽃의 아름다움을 말하며, 한편으로는 이것이 〈잿더미에 불꽃을/피우고 싶은 마음의 불길〉을 나타내는 것으로 취해진다. 또 다른 한편으로는, 깨꽃으로 하여 광산촌 자체가 미세하게나마 아름답게 바뀜을 시인은 다음과 같이 말한다.

뚜렷한 거지들이 보이지 않는
누추한 탄광촌
검은 내장을 파헤쳐 올린 광산에
진종일 재가 내리고
황색 불도저조차 아름답다

다른 몇 편의 시들은 전체적인 우울 속에서도 일어나는 인간적 아름다움의 일들을 이야기한다. 「소풍」은 암기, 도덕, 왕, 교과서, 딱딱한 의자, 딱딱한 기율에서 해방된 아이들이 봄소풍 가는 기쁨을 이야기한다. 「병원 회랑」은 죽음과 노년과 병, 〈폐병을 선고받고 시무룩하게/계단을 내려

160

가는 늙은 광부, /더러는 흰쥐처럼 뜯겨지는 실험용 시체들〉
에도 불구하고 아이들은 명랑한 〈펭귄 같은 아이들〉로서 귀
엽게 이야기된다.
　음울한 오늘의 삶을 말하면서도 유기적 생명의 진실에 대
한 느낌으로 하여 조용한 서정적 밝음과 사회 비판의 예리
힘을 얻는 대표적인 시는 「수리공」과 같은 시이다.

　　나는 모든 노동이 즐거워졌으면 좋겠다.
　　기름때와 땀으로 얼룩진 노동의
　　죽어서는 맛볼 수 없는 노동의 즐거움을
　　노동의 보람을 배웠으면 좋겠다.

　　쓰러져서 일어나지 못하는 자전거와 함께
　　펑크 난 튜브와 낡은 페달과
　　살이 부러진 온갖 바퀴들과 불안한 핸들과 함께
　　해체된 쇠들의 무덤.

　　쇠들을 분해하고 결합하다 손가락뼈는
　　게 같은 손가락뼈는 와르르 분해된다.
　　삐꺽거리며 낡아가는 뼈의 사슬,
　　나사가 부족한 영혼,
　　그리고 더러 제 손을 내려치는 나의 망치여,
　　나는 모든 노동이 즐거워졌으면 좋겠다.

　이러한 시는 대표적으로 진술의 간결성, 이미지의 적절
성 또 그 즉물성을 보여준다(〈쇠들을 분해하고 결합하다 손
가락뼈는/게 같은 손가락뼈는 와르르 분해된다〉와 같은 구절은

즉물적 느낌을 떠나지 않으면서 영상과 의미를 적절하게 결합하고 있는 좋은 예이다). 그러면서 이 시가 말하고 있는 것은 누구나 알면서도 새로 확인될 필요가 있는 우리의 사회적 삶에 대한 중요한 진실——즉 사람은 사람다움의 기쁨을 잃지 않는 노동에 종사해야 한다는 진실이다. 이런 시에서 최승호 씨는 그의 객관적 관찰과 사회 의식을 시적인 영상 속에 통합하는 능력을 가장 잘 발휘한다.

그러나 대체로 우리는 다시 한번 그의 시가, 대부분의 독자가 느낄 수 있을 것으로 생각하는 일로, 시적인 흥분과 열도에 있어서 부족하다는 감을 어떻게 할 수 없다. 이것은 「수리공」과 같은 경우에도 마찬가지다. 물론 위에서 누누이 설명한 바와 같이, 이것은 1970년대 이후 우리 시의 자연스러운 필요, 또 시대적인 상황에서 나오는 것이라 할 수 있다. 즉 객관적 관찰이 우리 시가 필요로 하는 것의 한 요소이며, 또 시대가 정열적이고 의지적인 도약을 허용하지 않는다는 말이다. 그러나 시는 삶과 언어에 대한 커다란 정열과 믿음이 없이는 불가능하다. 또 그것을 표현하지 않고 시가 무슨 소용이 있겠는가? 우리가 객관성을 요구한다면 그것은 거기에 머물기를 원하기 때문이 아니라, 그것을 거쳐 나가는 것이 오늘날과 같은 거짓 감정, 거짓 믿음의 세계에서 보다 큰 삶과 시의 고양(高揚)에 나아가는 길이기 때문이다. 최승호 씨의 믿음직스러운 출발을 축하하면서, 그가 앞으로 삶의 결여만이 아니라 풍요를 좀더 얘기해 주는 시인으로 발전하였으면 하는 소망을 말해 본다.

(문학평론가 · 고려대 교수)

연보

1954년   춘천 출생.
1982년   「대설주의보」외 48편의 시로 계간 《세계의 문학》
　　　　 제정 제6회 〈오늘의 작가상〉 수상.
1983년   시집 『대설주의보』 출간.
1985년   시집 『고슴도치의 마을』 출간. 제5회 〈김수영 문
　　　　 학상〉 수상.
1987년   시집 『진흙소를 타고』 출간.
1990년   시집 『세속도시의 즐거움』 출간. 제2회 〈이산 문학
　　　　 상〉 수상.
1993년   시집 『회저의 밤』 출간.
1995년   시집 『반딧불 보호구역』 출간.
현재   세계사 주간.

오늘의 시인 총서 18
대설주의보

1판 1쇄 펴냄 1983년 4월 20일
1판 10쇄 펴냄 1994년 3월 30일
2판 1쇄 펴냄 1995년 11월 20일
2판 9쇄 펴냄 2020년 2월 27일

지은이 최승호
발행인 박근섭, 박상준
펴낸곳 (주)민음사

출판등록 1966. 5. 19. 제16-490호
서울특별시 강남구 도산대로1길 62(신사동)
강남출판문화센터 5층 (우편번호 06027)
대표전화 02-515-2000 팩시밀리 02-515-2007
www.minumsa.com

ISBN 978-89-374-0618-8 04810
ISBN 978-89-374-0600-3 (세트)